我们总在不懂爱的年代遇见最美好的爱情

夏风颜 作品

We always meet the most wonderful love
of our life in the time
when we know nothing about love

湖南文艺出版社
HUNAN LITERATURE AND ART PUBLISHING HOUSE

博集天卷
CS-BOOKY

自序 / 一个人的恋爱

有人要我谈谈恋爱，怎样认识恋爱，以及恋爱中的男女关系。这是很私人的问题，但放到现实中又很广大。每个人都会遇到恋爱中的难题与烦恼，如何解决，又如何突破。状态有许多种：单身、被单身、失恋、单恋、暗恋……困境是自身受到严重的影响，长期挥之不去的负面情绪，或暴饮暴食，或消极厌世。

归根结底，恋爱是一个人的事，却不能否认它是双方和多方的关系，需要互动，相互迁就、妥协、维持，制造乐趣和惊喜。而如果第三者加入，情况更糟糕，面临来自外界与自身的双重压力，我们是作为拳击手击败对方，还是作为短跑者迅速逃离？

怎样让内心强大，不是在恋爱中立于不败之地，而是在恋爱中得到平顺完整的发展，让自己在平淡中得到满足，在困惑中得到解答，在创伤中得到治愈。这是创作的初衷。看过的书、电影，听过的歌词、某个人的话，把它们记录下来，闲暇时翻阅、思考，受益匪浅。一句经典的台词，一首反复哼唱的歌，一位深爱的作者写下的话，一本在哪里读过的书，一首学生时代读到的古诗词……它们会给你美好和能量。但有时候，你已经忘记。

生活就是一个很好的老师，我们在其中作为学者。学到的一定是读到的、感悟到的，一点一滴，不需要别人提醒和教诲。自悟，自度，自我修行。你要先认识到自己的情绪，消解心事，平衡得到和失去，锻炼并经受磨炼，最终坚定信仰，完成修行。

一个人的恋爱，看似简单、微小，却包罗万象，涉及人生观、价值观、爱情观，并与性格、经历、实践、心态、环境等相关联。你若不能很好地了解自己，如何走进另一个人，又如何引领他进入。所以，恋爱的难题，首先是自身的难题。学会与自己相处，学会走进自己的内心世界。

每个人都是一本书，每本书都有属于它的知己。这本书，可以看作恋爱与人生的心得，对曾经读过的话，台词、歌词、诗词、语录进行新的解读，目的是让你重温岁月，拾起曾经遗忘的时光，那些被感怀、记得、珍藏……现在却忘了的爱情心语，还愿意再读、再感受、再懂得吗？它亦是迄今为止最真实和私人的一部著作。人生中一些经验所得，慢慢累积，赋予深意。每个疑问，都找到对照的解答。而这些，我们其实早已知晓。

我相信，写下的正是倾自己所有悟到的，足以告知一切。你亦从中得到了想要的答案。

夏风颜

北京

2013.5.2

目录

1

一个人的情绪
孤单是一个人的狂欢

孤单是一个人的狂欢　2
　　阿桑　《叶子》

寂寞的时候，所有的人都一样　7
　　电影　《春光乍泄》

失望，有时候也是一种幸福　11
　　张爱玲

仰望到太高，贬低的只有自己　16
　　王菲　《给自己的情书》

爱到飞蛾扑火是种堕落　21
　　王菲　《扑火》

彼此相爱也许更爱自己　25
　　林夕

32　爱那么短，遗忘那么长
　　[智利]巴勃罗·聂鲁达

36　我唯一可以做的，就是令自己不要忘记
　　电影　《东邪西毒》

40　你是人间四月天
　　林徽因

44　有些事一转身就是一辈子
　　张爱玲

48　曾经沧海难为水
　　元稹　《离思五首》

53　每想你一次，天上飘落一粒沙
　　三毛

2

一个人的回忆
爱那么短，遗忘那么长

60 我就站在你面前，你却不知道我爱你
张小娴

66 白天不懂夜的黑
那英　《白天不懂夜的黑》

71 喜欢一个人会卑微到尘埃里，然后开出花来
张爱玲

75 我喜欢你，也愿意放弃你
亦舒

80 伤痕也要是一种骄傲
刘若英　《我很好》

84 知我者，谓我心忧；
不知我者，谓我何求
《诗经·黍离》

一个人的失去，失去的，得到的，都是我们错过的

4

失去的，得到的，都是我们错过的　**90**
佚名

我想知道，怎样才能戒掉你　**95**
电影　《断背山》

只是当时已惘然　**100**
李商隐　《锦瑟》

多少句我爱你，最后变成爱过你　**106**
佚名

你还在徘徊，犹未知道已经失去　**110**
佚名

致我们终将逝去的青春　**115**
电影　《致我们终将逝去的青春》

一个人的心事，我站在你面前，你却不知道我爱你

3

122 孤独是迷人的
[美]艾米莉·狄金森

127 我不是归人，是个过客
郑愁予 《错误》

131 如果爱情是一朵花，就让它开在我心里
佚名

135 我爱你，与你无关
[德]卡森卡·策茨

140 爱的最高境界是经得起平淡的流年
[英]莎士比亚

144 我喜欢你是寂静的
[智利]巴勃罗·聂鲁达

150 这个世界上有一个人会永远等着你
电影 《半生缘》

154 蓦然回首，那人却在，灯火阑珊处
辛弃疾 《青玉案·元夕》

158 月亮代表我的心
邓丽君 《月亮代表我的心》

162 愿得一心人，白首不相离
卓文君 《白头吟》

166 陌上花开，可缓缓归矣
吴越王 《陌上花》

170 一个人，一座城，一生心疼
佚名

一个人的境界
孤独是迷人的

5

6

一个人的约定
这个世界上有一个人会永远等着你

3

176 爱是天时地利的迷信
刘若英 《原来你也在这里》

180 就算生命像尘埃分不开，我们也许反而更相信爱
莫文蔚 《忽然之间》

185 对于世界而言，你是一个人；对于某个人，你是他的世界
[印]泰戈尔

189 爱是不死的欲望，是疲惫生活中的英雄梦想
[法]玛格丽特·杜拉斯

193 面朝大海，春暖花开
海子

197 曾有一个人，爱我如生命
舒仪 《曾有一个人，爱我如生命》

7

不负如来不负卿 204
仓央嘉措

爱是恒久忍耐，又有恩慈 208
《圣经·新约·哥林多前书》

一切有情，皆无挂碍 212
苏曼殊

留人间多少爱，迎浮世千重变 216
电影 《青蛇》

你见，或者不见我，
我就在那里，不悲，不喜 220
扎西拉姆·多多
《班扎古鲁白玛的沉默》

每个人都有属于自己的一片森林 224
[日]村上春树 《挪威的森林》

8

1

一个人的情绪

孤单是一个人的狂欢

孤 单 是 一 个 人 的 狂 欢　　　阿桑《叶子》

小时候，最害怕孤单，父母不在身边，一个人坐在空荡荡的屋里，从白天到黑夜。长大后，离开父母，到遥远的地方读书，睡在陌生的房间，听着车声人声，依旧感觉孤单。有一首歌是这样唱的："我想我会一直孤单，这一辈子都这么孤单。我想我会一直孤单，这样孤单一辈子。"

孤单是：小时候没有人陪伴，长大后没有爱做伴。

坐列车回家，身边的女孩子打电话给男友，说，离开你，我又觉得孤单了。也许她和我一样，也是回家；也许不是，而是到另一座城市工作、生活。可是，在这个世界上，有一个人时刻惦记着她、想念着她，为何觉得孤单呢？而我，或者说世上多数人，一个人坐车、一个人行走、一个人看书、一个人生活，手机永远不会响起，没有收到一句问候的短信，没有可彻夜长谈的人，只有无声的黑夜打发漫漫时光。

人和人的生活，千差万别，却有着相同的愁绪。

因为没有人爱自己，因为找不到可相爱的人，总是觉得孤单。

十几岁的时候，对自己说，如果有一个人来爱我，就不会觉得孤单了。谈过几次恋爱，有一个人掏心掏肺地说喜欢你，有一个人鞍前马后为你做任何事。唯独没有人问过你的感受，那个喜欢你、愿意为你做任何事的人，是你喜欢的吗？你也愿意为他做任何事吗？

原来恋爱只是害怕孤单，别人说，你跟我一起，我们就这样手牵着手，一辈子。那一刻，心中不欢喜是假的。当然欢喜，前提是，这一刻的心情能维持多久。就像誓言一样，说一辈子，也不过是说出口的一瞬间。然后，烟消云散。

你也许因为害怕孤单而跟一个人在一起，不是因为爱他，只是需要他。正如，不是因为爱他而爱上他，只是喜欢那种做伴的感觉。与我们一起生活的人，未必就是爱的人。往往一起生活的，是可以相互依靠的，但终究不能成为彼此。觉得孤单，那是缺爱的表现，自己不够爱自己，需要被一个人宠爱。

二十岁，去外地念书、工作，恋人代替父母，夜深人静时一个短信，他就会穿过一座城来看你。其实没什么，你只是想要他来看你，仅此而已。但你们不见得在一起。你像一只受伤的小猫，他是陪伴你的仙人掌，触碰太深，就会被扎出伤口。

如果过分依赖一个人，结局是永远一个人。

二十岁，想要好好被人爱；三十岁，想要好好去爱人。前者是宠爱，后者是爱情。穿过十年时光终于明白，宠爱不是爱情。宠爱不需要付出，爱情需要。

过去信奉，爱是经得起等的，自我催眠，这世上有个人永远在等着你。还年轻，总是如此对自己说，给别人时间，也给自己时间，去等待。十年又十年，很快，四十年就过去了。等到你变成老姑娘，爱情也不会在痴等中开出花来。并非越矜持，就越矜贵。

孤单是一个人的狂欢。它的后半句是，狂欢是一群人的孤单。

这首歌叫《叶子》，那个唱歌的女孩子已经不在了，歌声却一直存在。的确动听，唱出了孤单之人的心声。一座城的人，一座城的孤单，不能彼此安慰。那些听歌的人、看书的人、购物的人、行走的人，不知何去何从，如一条船，在大海中没有方向地漂泊。

当一个人沉溺在夜晚的喧嚣，拒绝白日时，意味着他停止思考，停止去爱。他成为一座被黑夜吞没的高楼，唯有风穿过。喝酒喝到醉，唱歌唱到累，人和人之间，从来都不能互相依偎，尤其是感情。甜言蜜语会消散，怀抱亲吻被取代，回忆变得不值一提，感情事成为身后事，只是空守落泪。

在孤单中狂欢，在狂欢中微笑着继续孤单。

一个人对爱的表现是：未成熟的时候，拒绝爱敲门；成熟的时候，对爱打开一扇窗。并非越早经历爱，就越懂得爱。没有人是天生的情爱高手，纵使需要经验，也是建立在成熟得足以应对一切的自如之上。这需要你成为一个坚强的、不失自我的男人或者女人。不要谁的宠爱，不给谁依赖，做爱情江湖里的独孤求败。

孤单又何妨。年轻的时候，经历大风大浪，想要老来有一个人陪着细水长流。那么，就要在年轻的时候耐得住寂寞、经得起孤单。它不是堕落的情绪，亦非悲观的宿命。人永远都是单独的个体，从出生到结束，走自己的路、做自己的梦、唱自己的歌、寻自己的爱。必须突破，学会承受、享受一个人的生活。

要先爱自己，再去爱别人。
要先习惯一个人的孤单，再陪一个人一起孤单。

一年又一年，我早已习惯在自己的世界里安然。在寻爱这条路上，选择坦荡行走，一个人、一双脚、一颗心，自始至终。红尘深浅，不必挣扎。那些经历，经历中的失败与伤害，孤寂胜过喧嚣，平淡胜过欢愉，年华流转，都是宿命里的事。

所以，年轻时，孤单地一个人去走，孤单地一个人去爱，孤单地一个人微笑与落泪、怀念与心动。然后，孤单地坚强，孤单地憧憬你的爱。在你年老时，有一个人陪你走遍山河岁月，看细水长流。

寂 寞 的 时 候， 所 有 的 人 都 一 样

电影《春光乍泄》

《春光乍泄》里有一句台词："原来寂寞的时候，所有的人都一样。"

寂寞是非常熟悉的感受，如影随形，从来没有离开过。一个人说，没有爱的时候，我觉得寂寞；恋爱的时候，我觉得更寂寞。

恋爱会让你感觉更寂寞。原因是，除了恋爱，找不到排遣寂寞的法子。说话，争吵，和好，冷战，分手。周而复始，这就是恋爱。它跟吃饭睡觉一样，成为被规范的程序，什么时候做什么，到达什么阶段，最初的着迷消失，厌倦而无能为力。

也许只是因为寂寞而去爱一个人，同样的，寂寞让你爱第二个人、第三个人，直到停止爱。当你不再爱的时候，意味着不再觉得寂寞。那时候，你已经老了。人老心老，没有了爱，余生明灭，所有旖旎想念伴为青灯，撩情也逐渐暗淡。

天下大同。寂寞的时候，所有的人都一样。不要以为只有你一个。不要幻想着有一个人来消解它，除了自己，没有谁。

不再寂寞的方法是，成全自己。

学生时代，常常做的事是晚上一个人跑步。通宵看碟——爱情片、文艺片，思考恋爱究竟是什么。有一晚下大雨，忘了带伞，周边没有可避雨的地方。一对情侣闯入视线，男孩子紧紧搂着女孩子，用身体替她挡雨。失眠去看心理医生，他问我，睡觉是不是想要抱一个东西才睡得着。书里说，蜷缩身体拥抱自己入睡的人，缺乏归属感。两者相通，寂寞的人，是因为没有归属感。

如果爱不能使我们获得归属感，和一个人、两个人、三个人……无数人恋爱，其实没有分别。结局注定是分手，回到单身状态。然后再想找一个，找到或者找不到，到最后变成一件驱使自己去完成的使命，而非自发的意愿。

真正的爱，并非一朝一夕，亦非只是满足一个人的需求。

如果一个人的时候，尚得不到归属感，就不能奢求爱给予。

我一直喜欢的那句话是：我爱你，与你无关。然而一旦陷入爱中，就不可能与别人无关。什么时候爱情最美，当你爱着一个人，而不需要对方回应的时候。它是青春时期的一段过渡，你可以幻想他爱你，但你一定不能奢求它成真。

爱的属性是寂寞。一旦坠入爱河，不可能不觉得寂寞。

《春光乍泄》的主题是：爱情永远是一个人寂寞的感受。爱中被迫的分离，其实是潜意识里发出的主动信息。我要离开你，或者，我们根本不可能在一起，却要勉强维持表面的和平。没有结局，就是最好的结局。现实中，人往往用各种理由说服自己，不过是因为想要这么做。相爱的结果是分手，复合的结果是貌合神离。一些看似伤情的借口，讨巧隐晦，都是自欺欺人的。

把爱的姿态放低，单纯去爱。因为一个人而爱，因为爱而简单快乐。

有一句话叫作：不是因为寂寞才想你，只是因为想你才寂寞。多么美。这让我觉得，寂寞不只是让人痛的。从前觉得，寂寞深冷，空虚煎熬，漫漫长夜无处收场，年华蹉跎，只好一个人自受。世间情爱难求，哪怕只是寂寞地想一个人，何尝不是简单的快乐。当我们品尝寂寞的滋味，懂得相思之苦、成全之难时，其实是懂得了爱的感受。

爱，不是因为寂寞。寂寞，是因为爱。

平安夜，去酒吧听歌。一个男孩子坐在身边，午夜十二点，拿出苹果，一口一口吃下去。他递给我一个苹果，说，如果没有人陪，就让这个苹果陪你，不要觉得寂寞是羞耻。

我从未觉得寂寞是羞耻，它是一个人的，不需要分享，不值得同情。就像午夜十二点拿出苹果独自品尝。寂寞，也是需要品尝的，然后吞咽下去，纵使无色、无味……亦无爱。

你深知夜夜孤寂难熬，选择时刻决绝，粉饰太平，看似一切都好。可偏偏就是忘了在快要忘记这个世界的时候，有一个人住进你的心里。无人相伴，缺爱成了一种病，纵使寂寞，也要寂寞得彻底，寂寞得心甘情愿。

失望，有时候也是一种幸福　　　张爱玲

与母亲聊天，说到幸福，她说，失望也是一种幸福。

她年轻的时候，有过对爱情的幻想，嫁给一个细心持重的男人，吃得苦、顾得家。但没有。她嫁给一个完全与想象中背道而驰的人，酗酒、懦弱、暴躁、偏执。爱情使她清醒，婚姻使她失望。从清醒到失望，只有一夜。

她从女孩子成为女人，学会独自面对和承受。这是爱情教会她的第一课，不要相信爱，不要对爱抱有天真的幻想。二十多年后，即将迈入天命的年纪，她告诉我，失望也是一种幸福。没有关系，得到什么样的爱，就学着承受这样的爱。不要试图改变，因为根本改变不了。

她再次让我明白，爱，不只是一个人的事。但是爱，足以是一个人的心情。

　　我从不相信所谓的命中注定。幸福是靠自己创造的，没有命中注定一说，也无运气可言。说幸福、美好是命定，也许是因为自己得到了美满的爱情、理想的人生，对于那些活在痛苦不幸中的人而言，这是不切实际的说法。但我们不能强求幸福的人陪我们不幸，他们从不幸中过来，一步一步走至如今。

　　很小的时候读张爱玲。她说，生命是一袭华美的袍，爬满了虱子。

　　表面风平浪静、美满团圆、富贵人生的背后是千疮百孔，充斥着谎言与纷争。她也不过是个十几岁的少女，说出的话却老成世故，看透世事人心，让人觉得哀惊。这是张爱玲，成就红尘乱世里的静好，落得太平盛世里的凄凉。

　　她说，失望，有时候也是一种幸福。

　　"因为有所期待，所以才会失望。因为有爱，才会有期待。所以纵使失望，也是一种幸福。虽然这种幸福有点痛。"

　　胡兰成对张爱玲说，愿使岁月静好，现世安稳。张爱玲当了真。覆水难收，说出口的誓言收不回来，可未必就是真的。誓言再好，也不及讲誓言的人做得到。情，不是你知我懂、你情我愿就双双对对、恩恩爱爱。旧爱生新爱，悲欢促离合，都是人生里的事。有人说，这是命不好。就算命不好，也该努力过得好，偏偏不信命。

早年的张爱玲对爱情抱了太大的幻想，渴望这世上有一个爱她、知她、怜她、惜她的人。她遇见了，那个人不请自来，与她谈天说地，言笑晏晏。两个身世、年龄相差甚远的人，走到一起，不顾世俗流言的非议。

爱得大胆而自我，说明是想爱、重爱的人。爱情未必是一切，但没有爱情，人生必然不完整。她也曾努力挽留，任凭她怎么做，爱情都没有朝着希望的方向前进，反而背道而驰，越去越远。除非委曲求全，爱得卑微。她是高傲的人，怎可卑微。

她选择放手，一个人悄无声息地离开。写下诀别信："我已经不喜欢你了。你是早已不喜欢我的了……你不要来寻我，即或写信来，我亦是不看的了。"

分手分得决绝彻底。若不至于此，才情耗尽不说，连生命都被消耗得一干二净。她后来写《小团圆》，让我觉得是真正放下了。只当一场回忆，那些故事里的人、故事里的情，真的只是旧事旧情，供以书写平生。

　　爱情是一个人，情爱是两个人。二十岁时，也许还放不下。付出真心、付出全部，为何还这样对我？五十岁时不会这么想，索性放下，不累不伤。很难做到去忘记一个伤害至深的人，亦如曾经爱他多么深。不能忘记，也就不能原谅。

　　母亲说，能够原谅父亲对她的所作所为，因为她早已放下。她选择与他相守一辈子，即使他曾经那么深地伤害过她。过去她说，因为我，宁可委曲求全维持这个家庭，维系两个人之间的关系。那时候除了我，两个人毫无牵绊，妄论爱。

　　似乎每一对夫妻都要经历这样一个过程，不论爱亦是不爱。曾经的爱，终有一天会消失；曾经的不爱，也未必就真的没有感情。父亲母亲年轻时尚且有爱，外祖父母完全是无爱的婚姻，也相伴至如今。

　　我明白她的初衷。缘不过今生，既然是当初的选择，就将选择进行到底。曾经的希望变成失望，而今努力将失望还原成希望。所谓的幸与不幸，真的只是很自我的感受，在于是否过分地执拗不幸、过分地奢求幸福。

　　爱，从来都不会幸福到老。伴随着欺骗、争执、肮脏、利用，还有平淡的流年、感情的逝去。倘若只是幻想一个梦，就在梦中不要醒来。倘若要幸福，就先学会承受失望与不幸。告诉自己，无论什么样的爱情，得到的、失去的，只在心中，用心去守护。而时间会使我们明白：一个人的爱情，一个人做决定；一个人的情殇，一个人来安慰。

"纵使失望，也是一种幸福。虽然这种幸福有点痛。"

仰望到太高，贬低的只有自己

王菲《给自己的情书》

"请不要灰心，你也会有人妒忌。"

"你仰望到太高，贬低的只有自己。"

从小到大，最畏惧的两个字是妒忌。妒忌人，被人妒忌，两者受到的伤害是同等的。暗恋一个人，会妒忌他喜欢的人，甚至对和自己一样喜欢他的人，也会产生类似的心理。因为，他是属于自己的，不可以与任何人分享。

感情路上，需要避而远之的是这两个字——妒忌。

妒忌是一种心病，强烈的占有欲，强烈的自我否定。

如果仰望到太高，贬低的只有自己。如果有太强的好胜心，热衷追逐，最先破裂的一定是不堪重负的心。心的高贵，不在于追寻，而在于守住。

每个人都要专注地去做自己的事，写作、演戏、唱歌、旅行、做饭、居家……以及爱。把爱当成一件事，开始与结束，完成与清空。不要设定目标，一旦有了目标，就变成一项硬性规定。它宛如一次登山、一场夜行，摸索而上，终点并非终结。

也就是说，爱要顺其自然。追不到、得不到，无妨。总有一个路口让你为爱转弯，只是还未走到那里。

一个人说，不把爱情当水喝、当酒饮。意思是，爱不是必需品，而是奢侈品。将爱当成必需品的人，过分依赖爱，认为没有爱就活不下去。将爱当成奢侈品，会谨慎选择，小心对待。因为昂贵而显得端庄。这是两者的区别，爱如酒，芳香醇冽，清醒着醉。

要清醒地爱，高贵地爱。不予不求也能自得其乐。

喜欢听歌，把歌词摘抄在本子上。它不只是歌词，变成与爱相关的一行字，关掉音乐，反复默读。林夕的歌词足够美，亦有足够的韵味。适合午夜时分一个人静静地读、细细地品。读他的词，宛如经历一场爱之深悟，不言不语都像自谈。

"写这高贵情书，用自言自语，做我的天书。"
"自己都不爱，怎么相爱，怎么可给爱人好处。"

学生时代保持写日记的习惯。看别人恋爱，心里觉得酸，把情书写进日记里。写给别人，也写给自己。因为不具备足够承担孤独的心力，渴望恋爱。记得第一次恋爱的场景，携手的背影，月光下垂落的花枝，透着安宁与静美。记得暗恋一个人的心情，默默关注，悄悄跟随，酸楚、喜悦交织。记得曾经为一个人每晚写一篇日记，等一个明知不会打来的电话。

恋爱因为纯真而显得珍贵。即使以后遇到再好的人，经历再高端的爱情，余生也不可能体会到这种滋味。它是简单、真实。它是幸福、喜乐。

盛年之时，我们热衷追逐，顾此失彼，费心费力。喜欢一个人总是为自己找很多理由，家世、背景、身高、容貌、事业、学历、星座……诸如此类。开一张买爱账单，买到的不是爱情，是爱的附属品。

有些人爱得卑微，有些人高傲地拒绝爱，都是因为没有找到属于自己的爱情。

暗恋、失恋、无恋，皆是一个人的恋爱。它是一种心情。怅然若失、孤枕难眠，或者静如止水、心如死灰。你不是没有资格爱，只是找不到人，或者找错了人。如果没有人来爱你，那就爱自己。

如果爱的人不爱你，用心想念一次，然后放弃。

"自己都不爱，怎么相爱。"

阿筠是我的同学，初中到高中，我们六年都在一个班。如今她已经结婚了。记得整整一年代她写情书，一封一封，按日期码好。写完交给她，她自己去寄。学校门口的绿色邮筒，每个星期投入一次，然后焦灼地等待对方的回信。始终没有。

每写完一封情书，就抄在日记本上，去掉开头和日期，留着一个人看。有一天，对方终于寄来一封信。阿筠问我，你都在信中写了什么。原来那些信她都没有看，我也从不对她说。那些信，其实是自己一个人的爱，与对方有什么关系。因为对爱不够珍视，莽撞虚假，结局定然是失恋也失爱。那是一封分手信，告诉她不要再寄信来。

永远不要把爱情当作遥不可追的梦想，永远不要想着讨好一个人得到他的回应。费心追逐一份不属于自己的爱情，犹如飞蛾扑火，必然是惨烈的牺牲。

这世上有多少如阿筠一样的人，不知爱的轻重，难辨爱的真假。好运如她，恋爱了，结婚了。坏运亦如她，在一起的未必就是真爱的。

　　真实的情感总是等到尘埃落定才知晓。年纪、阅历、心路，都会影响感情的深度。你是要青涩的爱还是成熟的爱，要经历多少次爱才懂得它不是一张有期账单，也不是一张过期车票。

　　"这千斤重情书，在夜阑尽处，如门前大树。"
　　"没有他倚靠，归家也不必撇雨。"

　　夜阑尽处，风雨无阻。何必仰望，泥土伴眠。
　　年轻时，给自己写一封情书；老了，给自己写一篇回忆录。要记得那些伤害过自己也被自己伤害的人，伤害教会人成长，即使曾经多么恨他。爱的极致未必是恨，恨的极致是淡。让一切都淡然，做一颗随风飘散的种子，哪里落地，哪里就能生花。

爱 到 飞 蛾 扑 火 是 种 堕 落　　王菲《扑火》

小说与电影都喜欢描述这样一个人：什么都有，唯独缺爱；开始都好，为爱堕落。

现实里为爱堕落的人太多，何必找一个伤情的角色来刺激。那些写爱的人、演爱的人，通过这条路径卫冕与取悦。当自己得到快乐，这快乐有几分虚实……没有人知道。

一个人为爱堕落，是因为除了爱，什么也没有。
一个人将爱当作终结，才会堕落。

在路上的人，永远不知终点在何方。翻越一座高山，还是高山；穿越一片沙漠，还是沙漠。始终看不到希望，也就感觉不到征服的欲望。爱情也一样。对爱有征服心的人，会看得很重，势必要到达、要超越、要实现。这份重，与信仰不同，以满足欲望为重心。

如果只当寻常，就不会出现这种情绪。任何极致的、强烈的心绪都会使自己置身险恶境地，而不自知。有人问，如果得不到怎么办。得不到就得不到，做自己，给需要自己的人释放爱意。譬如，孩童、老人，一个受伤的有情人。

爱是心甘情愿。所谓的堕落，也是心甘情愿。

即使爱，也要爱得高贵克制。不矜持、不造作、不彻底、不窒息。没有人能把爱进行到极限，再爱你的人，也会对你存有保留。它意味着，一些心事不会与你分享，一些过往不会让你知道，一些生命中重要的人不会让你遇见。

爱而不得，往往因爱生恨，做出极端的举动。自杀、自残、伤害他人、消蚀生命。伤人三分伤己七分，毁坏别人，也意味着毁坏自己，彼此都不能承担。

如果没有救赎，只能堕落。

再相爱的人，彼此独立，无法相容，亦无处相融。你终于明白飞蛾扑火之心去爱的人，其实是幻觉。没有人能成为自己，没有人能代替自己，获得这超越一切的爱。所以，爱到用力会烧灼，腾空而上的火焰落得粉身碎骨。前提是，你为此甘愿孤注一掷。

"爱到飞蛾扑火，是种堕落。"
"爱到飞蛾扑火，是很伤痛。"

就像歌词里说的：人太忠于感觉，就难好好思考。可是为情奉献，让我觉得，自己是骄傲的、伟大的。

世上的感情，大多朝生暮死，即使进行到最后，也是表面的和美。没有一份感情是完美无缺的，真的没有。因为计较而失去，因为桎梏而窒息，因为痛而忘了当初安静的触感。如果没有爱来治愈，还有什么能让一颗受伤的心放入器皿，供以休养。

毁坏身体的代价是成为被对方攻击的缺口，买醉、滥交、轻贱，都是不自爱的表现。为爱堕落其实是为自己堕落，而不是为某个人。年少时，我们永远不会明白这个道理，以为还很年轻，以为可以为一个人舍弃一切。父母、孩子、玩伴、信念……甚至自己，这些通通都可以舍弃，紧紧抓住一个人不放，换来的是他无休止的逃避、厌弃与伤害。

每在身体上划一道伤口，就意味着与这个世界背离一分，走着走着，就走到了荒凉的尽头。半身入土才发觉，当初遭受的痛苦、绝望、抛弃、质疑，不过是偏执心在作祟，冒一生之风险，无所谓伤害，亦无所谓痊愈。

为情奉献没有错，全世界的人都在为情奉献，有些人不求回报地奉献，有些人平和地奉献，有些人奉献后转身即忘。可你要知道，情如火灼般热，不会烧一生一世。所以，没有人会为情奉献一生。却值得为一个爱你的人、一个正与你厮守的人，去牺牲，去冒险，去爱。

某天，遇见一个人，未爱之前先问一声：我愿意用一生为你冒险。你也愿意吗？

彼此相爱也许更爱自己　　林夕

"一段成功的恋情，就是一次次地坠入爱河，与同一个人。"

情爱的意义在于，不用去贪爱多少人，却把情贯注在一个人身上，每时每刻。最难忘的电影是《生死朗读》，当中有一句台词："唯一使人生完整的，是爱。"

爱是什么，它可以是爱情，也可以是大爱。小情小爱里的人，每天欢喜忧愁，平淡中透着世俗里最真实的情深。大爱是另一回事，未必能将爱情进行到底，却能将爱进行到底。它是善心，一个人本性中的良善。

有人对我说，我要的爱情，是平凡中带一点小浪漫。他说，像你这样的人，要得太多、太高，令人抗拒、退缩，对爱本身存在质疑。其实爱很简单。但，要得太少的人，就不能明确爱的基数、质地。爱因为多而满，因为少而空。那些无所需求的人，感情如无底洞，永远不知道至深的界点在哪里。

对爱的理解，其实是非常自我的认知。每个人感触不同，我认同他的，但不能奢求他对我的认同。爱如何，只有心中知晓。不可言说，无法对任何人表述详尽。如果恋人刨根问底对她的感情，回答不出就会遭到质疑，继而觉得是否他并不爱我。这其实是很可笑的事情。把深情深爱放在嘴边的人，未必就真的爱你。

那些真正的爱，是真的在做，而不是虚假的说。

性是爱的表达。身体是一方面，感情的旋涡是核心。通过性更爱对方，或者通过性更知道彼此并不相爱。我至今不知《生死朗读》里那个小男孩到底爱不爱女囚汉娜，可他做的每一件事都明确地表达着爱。这种爱，是与爱情无关的。

爱到最后，不过是一场幻觉。这是甚为残酷的事情，因为被升华到人性的范畴。换言之，人性中的情爱，是自私的，也是无知的。我们在生活中，并不要求这种蛰伏于人性深处的爱。平淡的才是真实的，除非经历的是虚假繁荣的欢乐。满足自我的爱才会是幻觉，否则，我们的父辈、祖辈，是怎么两个人携手度过一生的。

到我们这辈，却很难再有那样的爱情。他们过的，不是爱情，是人生。但我们要的是爱情，先有爱情，再有人生。所以我们不会如他们那样，牵着一个人的手走一辈子，即使这个被牵手的人见异思迁、喜新厌旧、心猿意马、同床异梦。

低劣的爱,是找一个人完成爱的行为。
高贵的爱,是一个人也能成全自知的心情。

清醒使我们不会轻易妥协,委曲求全。爱就在一起,不爱就分手。彼此相爱,到最后,也许更爱自己。因为我们始终在走一个人的道路,无论在这条路上跌倒几次、偏离几回,无论前方是高山还是荒原,走过去、越过它,到达路的尽头。

在情爱中摸索,最终要超越的是自我,得到的是情感的升华,继而是灵魂的供养。爱的人不会主动提供祭器,只有将自己的血液放出,把空了的身体作为祭台,重新填补。情已死,爱还在,置之死地而后生。

不要让爱成为束缚,画地为牢。
没有爱,一个人也可以过得丰足。

和Stone是旧友,闲时约会叙旧,聊聊近况,谈感情不如意之事。没有爱情,还有一个老友畅谈。说近来缺爱,丁是可以随便和一个人恋爱。又说,我人生的姿态绝不能放低,即使得不到爱。

生命中的不如意，大多是一些细微的感受。投掷大江大浪中，只激起一朵微小的浪花，然后风平浪静。在心理上，新人很难超越旧人，新同事比不过旧同学，新恋人比不过旧情人。一段被看好的恋情，始终抵不过记忆里珍存的初恋。

Stone生命中的初恋发生在二十三岁，这是一个很晚的年纪。对爱情清醒固执、非君不予的观念，使她获得了一份寻常人不会得到的爱情。她毫无保留地投入，浪漫、纯粹、用力。原先，我觉得她是一个冷性的人，及至遇见了、发生了，才知道冷心冷情不是因为找不到，而是因为没有遇到。

但她还是失恋了。她对我说，我不是输给那个人，而是输给了爱情。

很多人，他们没有像Stone这样的朋友。将内心细微的感受、对爱情的理解认知好好梳理一番，做一个客观的总结，然后画上句号。彼此倾诉、倾听、拥抱、忘掉，迎接下一场。看到的人，餐桌上觥筹交错，贴面暧昧虚与委蛇，聊的是欢爱肉欲，去过几次夜店，有过几次一夜情。又或者，出过几次轨，猎过几次艳。

你以为邂逅就不再空虚吗，你以为得到就永远不会失去吗？当然不是。

Stone问我，你相信一意孤行的爱吗？

我相信，这世上有一意孤行的人，却没有一意孤行的爱。

想起林夕的歌词："彼此相爱，也许更爱自己"，忘了是哪首歌唱的。

有生之年，狭路相逢，彼此相爱，成为情人。相爱未必就是一生，情人也许成为仇人。但爱自己，每经历一段情，就更加珍重自己。能量、爱护、信念……一样也不能少。要知道，爱不是别人成全的，是自己给予的——不用求任何人得到。

2

一个人的回忆

爱那么短，遗忘那么长

爱那么短，遗忘那么长　　[智利]巴勃罗·聂鲁达

　　母亲谈起初恋，那个叫春喜的男人，微笑中带着遗憾。她说，从前只是一个人回忆，现在有人陪着一起回忆。

　　人到一定的阶段，就难以承受一个人的回忆。不是因为往事太重，时间太长，而是觉得这是一件非常清醒寂寞的事。如果超出控制，就证明自己老了。

　　说到爱情是用来回忆的，我非常认同。比如，年少的时候，母亲与你分享她的回忆；长大后，与亲密的异性分享回忆；成家后，与孩子分享回忆。不见得对方要懂得、能理解，与你静坐一刻，也是极好的。然而，我们未必就在对的时间找到对的人陪自己坐下来，所以回忆还是一个人的事。

　　"爱那么短，遗忘那么长。"

　　很长一段时间，执迷于这句话。这是否是一种业障，不得而

知。佛要我们抛却迷障，如果那样的话，就不是俗家弟子。在我们未历尽红尘中事时，还是甘愿做一个俗人，尝一次俗情，不负生命光临这个世间。

始终觉得，如果没有经历爱，人生就是不完整的，即使它带来伤与痛。人因心存苦痛，才会活得彻底。那份心中的安然，也是由不安修炼而来的，没有人天生持有一颗安定的心。

春喜小时候出过家，后来还俗。还俗之后也不肯留发，一身布衣，一双草鞋。这是他给母亲的第一印象。她说起他的种种，眼神里有清澈、悲悯的笑意，好像回到遥远的过去。但我知道，她已经在走向衰老。

一个人沉溺回忆不可自拔，说明他的心趋向衰老。不要害怕，它见证成长、流年、迁徙、动荡，见证生命力的顽强苗壮，同样见证感情的深与厚。但我们的回忆，或者说你的回忆，它是个人事情的同时，也是一件客观的事。所以，不要把回忆当作还爱着他的因由，这证明你内心的软弱与不安。感情一旦现出软弱性，就容易受伤。

十几岁时不言不语，不想倾诉也不愿倾听。二十岁时，更多的是倾诉。三十岁，只想做一个倾听的人，包容来自不同个体的抱怨、奉承、赞美和诋毁。试着做一个倾听者，也许还未到达那个年纪，但有这个必要。

一颗星的陨落也有擦亮光明的轨迹，即使稍纵即逝。所以，回忆才显得那么动人。多数人因了这句："爱那么短，遗忘那么长。"它源于一首诗。写诗的人叫聂鲁达，一生风流，也曾为一个女人痴迷心碎。

我不再爱她，这是确定的，但也许还爱着她。
爱，那么短。遗忘，那么长。

烟花再美，不过瞬间。爱情便是美丽易逝的烟花。你并不确定爱过的人是否还爱着你，你只是无法再与他在一起。是命运不能让彼此承担，是流年不能让彼此拥有。一年一年，梦断惆怅，思念空流，再也回不到从前。相爱不过一刹那，却用整个余生忘记。

也许有过这样的经历，十几岁时爱上一个人，却不能与他走完一生。遇见一个并不算爱的人，勉强与他生活，磕磕绊绊、吵吵闹闹地过了半生。情去了，意淡了，不记得发生在何时、何地，不记得初见的场景、恋人的模样……偏偏记得，天明未明之时，蔷薇盛开的心动。那是心中，根深蒂固徘徊不去的执念。

我们有时爱上的，是心中固执不去的影子。明知终将分离，消失于茫茫人海，此生再也不见，却依旧记得某一刻，曾为一个人动情，舍不得遗忘。

"多少个如今的夜晚，我曾拥她入怀。我的灵魂因为失去了她而伤痛。这是她最后一次让我承受伤痛……而这些，是我最后一次为她写的诗。"

你 唯 一 可 以 做 的 ， 就 是 令 自 己 不 要 忘 记

电影《东邪西毒》

越是想要忘记，就越是清楚地记得。

阿嫒对我说，无论如何，就是忘不掉那个人。和他恋爱时，始终感觉不到被爱，与他分手，又万分怀念。即使永远得不到。

她买了很多书，心理学、情感疗伤、治愈系漫画……试图获得慰藉，大彻大悟，重新开始。但是，没有用。彻夜难眠，买醉自伤，用购物和食物填补心中的空缺。为了忘记去相亲，没有成功的原因是对方长得不够像。她试图从陌生人身上找到似曾相识的慰藉，微笑、眼神、手指、背影、说话的神态……甚至星座和职业，也成为择偶的参照。

把陌生人变成代替品，告诉自己，不要忘记。

这是不可能的事。爱的，始终是虚幻的；正如要的，始终是臆想的。与真实存在距离，发生错位，把伤害当拯救，把忘记当

借口。

真正的忘记，是真正的放下。如果做不到，就不要欺骗自己，直面过去。即使是惨痛的、不堪的、羞耻的记忆，也要做一个勇于面对、敢于承担，不回避、不退缩，不把失败推给时光，然后淡漠地说一声"忘了"的人。

需要反思的是自己。

当我们感觉受伤时，是否因为不够爱自己。当我们感觉被欺骗时，是否因为意志不够坚定。当我们想忘一个人而忘不掉时，是否因为爱得太深、太认真。爱情不是一场游戏，而是一场修行。要的是单纯的坚定，不是蛮横的固执；要的是投入的认真，不是付出的盲目。

《东邪西毒》里有一段台词："你越想知道自己是不是忘记的时候，你反而记得更加清楚。当你不能够再拥有的时候，你唯一可以做的，就是令自己不要忘记。"

爱的不智表现在力度，用力会令人窒息、疼痛、惧怕，以至于退缩。爱的智慧表现在施与。我给你，你不要，我扔掉。如果你想再要，永远没有可能。感情不是无底洞，总有一个限期。当爱的人不再爱你，或者，当你意识到爱的人不爱你了，就要及时收场，果断转身。

做一个对爱情负责的人，不管对方记不记得，只要自己记得就好。

不必忘记，离开，也能成全这场修行。

张国荣在《东邪西毒》里演"西毒"欧阳锋，一个永远等不到爱的男人。他爱上一个不该爱的人，默默忍受数年相思的煎熬，始终跨不出走向对方的第一步。于是，他在沙漠里喝着"醉生梦死"，她在白驼山夜夜看星，枯等至死。

我们是用记忆反复确定自己是否忘记，一遍一遍回忆、梳理、质疑、原谅，直至确认。从最初的失意难平到最后的平淡释然，时间果然是一剂良药，治愈的不是残破的记忆，而是缺失的心。

记得与忘记之间，总有一段空白留作选择。当我们失去，反而记得特别清楚；当我们拥有，反而不再珍惜，也就意味着忘记。

要记得那些曾经的美好，那些感动自己的付出和等待。不为什么，只因为，当我们失去一段用心付出的感情之后，再也做不到同等的付出。要忘记的是那些过激的爱恨。生命给予的是怀念，当怀念变得奢侈，我们也许会变成一个无心无泪的人。

做一个有选择性遗忘的人，把珍贵的记得，收获的记得。那些给予后的不得、付出后的失去，通通忘记。你会发现，原来爱也有另一种定义，那就是，施与不求回报的恩情。

情意如剑，出鞘就不再收回。

爱情这个江湖里，有些人操纵爱，有些人索取爱，有些人给予爱，有些人睥睨爱。没有人以平和之心品味、徜徉，把酒江湖，一笑即散。我们都非江湖中人，对于他人的掠夺、背弃、玩弄、践踏，做不到转身忘记，挥刀斩断。那是因为，我们的性情盖过心中的江湖，情意胜过不朽的千山。

世间万事，唯情不忘。所谓的忘记，也是对自己的一种征服。因，始终有一颗诚实不负的心。

你 是 人 间 四 月 天　　　　林徽因

看过《人间四月天》的人都知道一首诗："你是爱，是暖，是希望。你是人间四月天。"不可否认，林徽因的灵秀与静雅令人难忘，对人生感悟颇深，对爱情也有着独到的见解。

有时候，我们并不懂得用别人的好成全自己，只是估量，我比她好，或者，我没有她好。感情的世界，爱一个人与被一个人爱，未必就是幸的事。彼此相爱，才能成全。

林徽因的一生，有三个人爱她。书中写道，这三个人是她历经的三重爱：相信爱、懂得爱、放下爱。

"每个女人的一生，最好经历三重爱。要有一个热烈的男子追求，与他谈一场风花雪月的爱。他使你相信爱。要有一个持重的男子扶持，无论何时、何地，始终在身边。他使你懂得爱。要有一个宽广的男子相知，男女之间，别有洞天。他使你放下爱。"

　　我们的一生，未必就能经历这三重爱。也许只有一次，谈不上爱不爱就在一起。又何妨。感情事，身在其中并非身不由己，选择对方总有因由。或许是缘未到，或许是情已尽，命运派遣一个人，与你相守着然后相爱。

　　在该爱的时候爱，该定的时候定，恰如其分，不超前也不延迟。每走出一步，都是对生命做出的庄重承诺。既然走出，就不要回头。没有可反复试验后悔的余地。看到别人恋爱甜蜜、婚姻幸福，不必羡慕。心中明白什么时候得到爱情，什么时候收获婚姻。或许不够奢侈，亦不够美丽，但人生，岂有完全美满如意之事。只要它是自己的，就值得。

　　"也许爱情只是因为寂寞，需要找一个人来爱。即使没有任何结局。"

　　她已知晓在爱情中扮演什么角色。不因为怜悯或感激就在一起，不因为一声"我爱你"就盲从无措。在爱情面前，任何人都会迷惑，都会不确定得到的是不是想要的。守住一颗持续跳动的心，不随意馈赠蓬勃燃烧的热情，抵御诱惑，坚守认定。

　　爱得沉默是深刻。爱得柔韧即是美。

很小的时候就懂得，爱，始终是一个人的寂寞。命运向来不够体恤人情，我知道。却觉得，无论有爱还是无爱，都应该活得敞亮、透彻。然后，等一个人走进生命，给他讲一个关于自己的故事。

爱你的人，应该先认识你，好的、坏的，走近你，残缺的、完整的……然后才能说爱。即使这声"爱"需要一生的时间说出。她大概是要找到这个愿意一直陪在身边驱散寂寞的人。不论贫穷富贵，不求天长地久，相伴一刻，也是隽永一生。

他问她，为什么是我？
她说，答案很长，我要用一生的时间来回答。

用自己的一生，诠释一个世人难以窥测的答案。山高水长，山重水复，只有走到尽头、攀上高峰才会明白，而这份明白用不着说出口。埋藏心中，让每个人去猜测、去质疑、去歌颂，那一声声，都与己无关。

真正的爱情，内在中生长，缓慢且坚固，也不是每个人都拥有的。

有感于，我们的一生，与知己邂逅，与爱人邂逅，也与自己邂逅。爱是缠绵悱恻的一件浅事，爱又是至情至美的一件深事。当爱已成往事，爱是一种领悟。有时候我们爱着，并非在爱某个人，而是爱着与某个人相爱的自己。透过自己的心，触摸爱人的心。然后，懂得爱。

懂得爱，继而放下爱。最终要确认的是，对你无情却有意，亦可一生惜。

走过漫漫时光，时空中的宿命，都是前缘。那些你看到的人、听到的声，埋入泥土，归于天际。再深的海誓山盟、再美的花好月圆、再传奇的故事、再完好的人生，总有一天会成为虚空，成为捕风光影。如若在痴守中换一个天明也是美丽，何不披着月光看树影。

曾几何时，我要爱情不可复制。如今，我要爱情可遇见、可缔结、可成全。不要走多少弯路，不要在惊天动地中轰然坍塌。如果不能在淡淡苦味中尝到一丝温暖的甘甜，不能坐在廊下执一个人的手看日升日落，那就不足以让我舍一人的宿命，蹚一场两人的深浅。

人间四月天，好事近。爱情的动人之处，正因了这句，你是人间四月天。它是两个人的相知，也是一个人的相信。

寂寞着相信，寂静着相知……这是爱。

有些事一转身就是一辈子　　　张爱玲

"有些事一转身就是一辈子。"

读《半生缘》很能体会这句话。沈世钧与顾曼桢是一对恋人，相爱半生缘分尽，余生用来想念和忘记。

都说想念不如相见，却觉得，与其相见，不如埋在心底想念。想念是静好的绵长，相见是突然的惊诧。分手无须再见，不过是徒增伤悲，道一句，只是当时已惘然。如果我们不能以强大的心智征服自我，就不足以征服爱情。

一直在想，一个人怎么能够勉强自己与一个不爱的人在一起，而要和爱的人分离。命运弄人、身不由己之外，其实是内心不够强大，爱得不够彻底。倘若爱，就一定不惜一切，即使只有万分之一的机会。不要心里想着不舍，嘴上说着放手，那都是借口。就像没有人不会为梦想孤注一掷，没有人不会为爱去牺牲、去付出、去争取……去渴望得到回应。

　　所以，我说世钧是懦弱的，他注定得不到所爱的人。曼桢是可悲的，一句"回不去了"道出半生缘尽，半生无缘。即使多么相爱，也不过如是，在怯弱的心前止住了脚步。他们是乱世里一对再普通不过的男女，却也有着各自的传奇，各自的悲哀。

　　我喜欢大江大海里注定分离与遗忘的故事，喜欢乱世。这也许是因为有一颗颠沛流离的心。爱是一种遇见，注定要别离。不要为遇见而庆幸，同样的，不要为别离而伤悲。那句话叫作：世间所有相遇都是久别重逢。离别注定了重逢。只是，我们要与不同的人告别，再与不同的人相见。独立原地，千言万言，人来人去，湮没无痕。

　　记得曾经写过一句话：灵魂深处的痛苦与绝望，往往在于心的封闭，无法对别人慈悲。爱也是如此，放弃一个人，不到山穷水尽的地步就是把心封闭了，无法对爱慈悲。有时候很希望成为一个慈悲的人，有时候却痛恨慈悲。我知道，慈悲不是滥情，可爱情的国度，永远没有慈悲。

　　"你问我爱你值不值得，其实你应该知道，爱就是不问值得不值得。"

　　小时候的天才梦，有一天变成爱情梦。天才梦实现了，爱情梦永远不会醒来。想起《色·戒》里王佳芝凄绝的眼神，想起她凄绝的笔调，不免怆然。现实里，再也没有这样的爱情了，也不会再有这番过尽千帆的心境。爱情成了速食品，盲目吞咽，过度消食。也没有一个人，值得我们耗尽半生、一生去等待、去记得，心甘情愿，不问值不值得。

秩序在更替，情爱在漠然。人与人之间，既不亲爱也不互重。

当然，执着的人、不放手的人最先受到伤害。谁无情、谁抽身，谁就有主宰和决定的权力。主宰这场爱情的轮回，决定这场爱情的走向，是一意到底还是陌路殊途。往往是，沉浸于一段有始无终的爱情，自责不已，不后悔遇见，不后悔相爱，偏偏后悔错过，不可能重来。

喜欢有情的人，有情未必终老，无情注定夭折。
有情的人比无情的人可爱，尽管有时候他们很脆弱。

《半生缘》里一个特别的词是幻梦，其实缘分何尝不是幻梦。我们习惯依赖人，在别人缔造出来的幻梦里想象虚假的一生，美好且觉得这就是真实的人生。爱情是一面镜子，镜中人不是爱的人，而是自己。与自己对照，你会发现，原来那些失败与遗憾都是自己造成的，由此变成了不幸。

有人说，爱是经不起想的，想得越多，伤就会越痛。人的一生中，经历刻骨铭心的爱情，一见钟情也好，两情相悦也罢，陪自己走到最后的，却是一个毫不相干的人。这一路上，被欺骗、被愚弄、被伤害，坚持至放弃，以至于错失成隐隐作痛的回忆。真正需要强大的，不是看似坚硬的外壳，而是软弱残缺的心。

如果缘分被拆散成两半，半生给予深爱的人，半生要留给自己的心。

夜阑更秉烛，相对如梦寐。深夜读着张爱玲的文字："雨声潺潺，像住在溪边。宁愿天天下雨，以为你是因为下雨不来。"

"二十年前的影片，十年前的人。她醒来快乐了很久很久。这样的梦只做过一次……"这是她的《小团圆》。何尝不是自己的"半生缘"。

有些事一转身就是一辈子。

年轻时，我们以为放弃的只是一段感情。后来才知道，那其实是一生。

曾 经 沧 海 难 为 水   元稹《离思五首》

曾经沧海难为水，除却巫山不是云。

取次花丛懒回顾，半缘修道半缘君。

一直很想去洛阳，那里有最古老的城池与最美丽的牡丹。那里的人质朴温情，山村、树木、房屋、河流、青草、白马，无一不生动演绎着这座城市别致韵味的一面。清晨时分走到河边，看山景，听鸟鸣。枝头开得硕大的牡丹，淡金色的光柔柔照耀，像是情人无言的爱抚。日暮时分，看余晖洒满古城的每一个角落，那些斑驳的建筑物由此染上一层神秘的光泽，仿佛一段不为人知的历史。

离别相思，故名"离思"。元稹写这首诗怀念他的亡妻韦丛。沧海、巫云，是他逝去的爱妻，天下女子无人与之比拟，也没有一个人能撼动她在他心中的位置。人人都说元稹深情，其实他也有薄情处。他爱过的女子不只韦丛一个，薛涛便是其一。

有人说，"曾经沧海难为水"这句诗并非怀念韦丛，而是写给薛涛的。元稹而立之年在蜀地遇见薛涛，那时薛涛已年过不惑。元稹孤身一人，风流多情，才气卓雅。薛涛虽为歌伎，却是名副其实的才女，既通晓音律又擅长作诗。二人一见如故，彼此倾心。

赏花作诗，吟风弄月，谈吐如云，引为知音。

郎才女貌的故事突破世俗与禁忌，如火如荼地在历史的长河里上演。相爱的那些年，有辗转情深的故事，也有心有灵犀的相惜。每个女人大抵如此，不问年华深浅，不论时光新旧，茫茫人海中遇见心意相通的人，相爱，然后渴望终老。

有一句话是，她比烟花寂寞。"她"指任何得到爱情又失去爱情的人，或者从未得到过爱情的人。薛涛是这样，鱼玄机是这样，李清照也是这样。有才情的女子总是比别人经受的波折多、苦楚深，因她要遇见的是比她有才、有情，且有手段的男人。这就是不幸的开始。

青楼女子，注定得不到举案齐眉的真爱。光阴瘦尽，人事荏苒，沧海辗转成桑田。元稹固然欣赏她，也爱慕她，但仅限于望梅止渴，而非另一种深意。"曾经沧海难为水"毕竟只有一瓢，在心上，在记忆中，却绝不会在眼前。

他抛弃了她，三年五年，转身娶了别人。

旧时代的男子，朝三暮四实属平常，何况是这样一位风流倜傥的诗人。元稹有情，情在于他看中的女人，也在于失去。他失去了韦丛，韦丛便得到了想象中完整的爱。他看中薛涛，与她花前月下、深情款款，却忍心离开她，坚持要她先写信。他为功名利禄娶了别人，放下韦丛，忘记薛涛，始乱终弃。这是青楼女人的不幸，也是旧时代所有女人的不幸。

感叹"曾经沧海难为水"的同时，不免唏嘘。这世上，有多少人真的在坚守真情真意。是的，爱人是要放在心底深爱的。心中想着一回事，表面做着另一回事，又何尝不是一种背叛。或许男人不这么想，他觉得，爱一个人就是要把她放在心底深处缅怀，她是独一无二的，无须与任何一个或占据她位置、或代替她角色的女人相比较。她们皆是过眼云烟，不留心上。

渺渺红尘，莫失莫忘。何其难。

我们每个人都是彼此生命中的匆匆过客，浮萍聚散，有相聚，就有离别。我们爱过一个人，失去这个人，以后遇见的都不及他。这个世上，再也找不到一个完全相似的人，没有人能够替代，也没有人能让自己展颜，说一声"爱"。这就是遗憾，这就是决然。

小时候看《天山童姥》，看三姐妹的爱与恨。巫行云爱李沧海，李沧海爱的是师兄逍遥子。"曾经沧海难为水，除却巫山不是云"，道出李沧海与巫行云的情。它不是爱情，却是青梅竹马、两小无猜的少年之情，亦是爱而不得、孤独怅惘的相思之情。

相思苦，相爱亦苦。

人生很长，长过一个人的生命；人生很短，不及爱上一个人的时间。试图穿越红尘里苍老的障碍，在锦绣年华中做让自己赏心悦目的事。很多时候，我们怨怼时光的匆匆流逝，怨怼生命的变幻无常，却从未怨怼自己的选择。选择一个人，认定一段情，永不改变。

时光给予我们如蜉蝣的欢喜，一朝一夕间得到快乐，后知后觉，那其实是一生之痛。流连于别人的故事，是过客，是旅人，也是知己。那些曾经不愿面对、不忍面对的情和事，竟是生命中需要标注的印记，不会停留，只会经历。

曾经沧海难为水。奈何时光，深情却不留情。

想来，大概就是这样。生命让我们懂得，也让我们遗憾。要做一个懂得的人，懂得之后的遗憾，是满足的遗憾。毕竟没有多少人能得一生挚爱，时光越长，怀念越深，爱越真。

不管你是否相信，有情至终老，无情至蹉跎。

愿你千帆过尽收心之时，能有人独守一方柴屋，静候你，风雪夜归。

每想你一次，天上飘落一粒沙　　三毛

　　写三毛，不期然想起这句："每想你一次，天上飘落一粒沙。"

　　对三毛有股执念，不愿褪去。写下怀念她的文字，关于流浪和爱情。

　　"记得当时年纪小，你爱谈天我爱笑。有一回并肩坐在桃树下，风在林梢鸟儿在叫。我们不知怎样睡着了，梦里花落知多少。"

　　梦里花落知多少。

　　少年人的情是最令人羡慕的，回忆不当是回忆，而是对快乐的尽情抒发。这世间再也没有人比年少的我们更快乐。后来，我们长大，遇到比少年时成熟的人，更为实在的爱情，却不再感觉快乐。

　　常常问自己，究竟为什么。为什么长大后的我们，不如小时候

那么容易满足。为什么得到的，远不如失去的珍贵。小时候看待一切，都觉得万般美好。长大之后，种种意识破解，美好天真幻觉破灭，所见所感，又是另一番天地，让人变得无情，并且挑剔。

我就是我，是颜色不一样的烟火。天空开阔，要做最坚强的泡沫。

我喜欢我，让蔷薇开出一种结果。孤独的沙漠里，一样盛放得赤裸裸。

那首歌叫《我》。他们的性情中有相似的地方，譬如活得敞亮自我，譬如对爱情的坚持与义无反顾。她在沙漠里奔跑安居，他在舞台上穿着高跟鞋舞尽风尘。她有令人艳羡的爱情，随爱人至天涯海角。她和他相恋二十载，互为一生挚爱。他们快乐，也不快乐。快乐的时候，全天下的人都为他们感到快乐。不快乐的时候，悲伤留给自己，痛苦不为人知。

他们是我心中，亲爱的Leslie和Echo。

"每想你一次，天上飘落一粒沙，从此形成了撒哈拉。"

撒哈拉的沙漠，就是这场爱情的全部见证。因为爱，才会想念；因为想念，爱才会流淌在心里。真正的爱，是不争朝夕，只共日月。真正的爱，是此生无尽，来生再约。

回头观望来时路，爱的本质，其实是考验。先考验自己的恒心与耐力，热情是其次。人人都艳羡超越世俗的爱情，为对方放弃事业，不论性别，甚或献出生命。超越世俗的爱，也赤裸裸地存活在世俗里，相较常人，只是更经受住了考验，更不容易放弃。

印度宗师克里希那穆提说过一段话："你要独立地快乐，不依赖别人给你快乐。世上万物无时无刻不在变，没有他人或他物会给你真正的安全感。只有你自己。"

想到安全感。往往人是因为安全感，渴望一段感情并且最先放弃。当初漫不经心，藏着不肯显露的心迹，结束之后，很长很长的时间过去，痛苦与快乐都变成了回忆。当初想要的安全感其实最不安全，日日夜夜，啃噬我心。

给自己编织一张网，困在里面。这张网叫回忆。

是的，除了我们自己，没有人给予真实的安全感。爱同样不能给予。我们可以羡慕，但不可以盲目崇拜。我们可以追随，但不可以完全效仿。我们可以称赞，但不可以自我否定。真爱是什么，是明亮饱满的向日葵，永远向着太阳。是春日枝头开得正盛的桃花，花开花谢，自有轮回。

当爱不足以支撑内心膨胀的情感时，诉说、思念、放逐、困守……都不能解决。只剩下一条途径，即思考自己的生命。有些人，视爱为一切，没有它就活不下去。有些人，视爱为游戏或消遣，丢了它，反而找不到自己。

杏花烟雨你来我等，天上人间你见我不见。总有一种想念、一种守候、一种执着、一种相信，在默默地进行。

做一个有性情的人，性情中才有真爱。

那些被永远记着的人，连同他们的爱情，都是我们心中的孩子。唱着"梦里花落知多少"，笑容忧伤却暖。我们爱他，愿意呵护他，为他付出任何代价。这个孩子，是小小的你的祈愿，长大的你的任性，老去的你的平淡欢喜。

年少时，你快乐，并不知快乐为何。成人后，你不快乐，终于知道想要的快乐是什么。当你明白所谓的忧愁，就会知道，我们都曾亏欠了爱情，输给了回忆。而生命是一个轮回，没有关系，有去还有回。

"天长地久有时尽，此爱绵绵无绝期。"

"我爱你，爱你胜于自己的生命。"

这是他们的告别。

当年华在老去、容颜在改变、生命在消逝，还能够对自己说：我曾爱着一个人，且被之所爱。

这就够了。

3

一个人的心事
我站在你面前，
你却不知道我爱你

我就站在你面前，你却不知道我爱你　　　张小娴

学生时代，读过最触动人心的一句话是："世界上最遥远的距离，不是生与死的距离，不是天各一方，而是我就站在你面前，你却不知道我爱你。"

至今过去许多年，这句话依旧记忆深刻。它诉说一个人暗恋的心情，我爱你，你却不知道。我每天和你朝夕相对，谈笑风生。也与你诉说爱情，分享心事。偏偏你不知道，我爱的那个人就是你。

回想那时候的爱情，唯有暗恋二字。后来在书中写到，有些人只适合遗忘，不适合重逢。譬如爱过的那些人，对方却无知觉，或者明明心中有知觉，选择无动于衷。他只适合做一个广大到相忘的旧情人，不适合做一个牵着手走向未来的生死伴侣。

晚晴是我到北京结识的第一个室友，两个人租一间隔断房，条件艰苦。一起安装灯泡，一起去集市买双人床。空间狭窄得不足以摆下两张床，大学用的床头桌，吃饭的时候就放在床上。我们有时

候煮面，有时候煮咖啡。

她给动漫公司绘画，早出晚归，有时一连几天不回来。记得圣诞节那天，雪下得很大，我和朋友聚餐回来，黑漆漆的房间，悄无声息，她一个人蜷缩在被子里瑟瑟发抖。

她给我讲了这样一个故事。

高三那年，阿城转入她的班级，一起学画。阿城坐在她身后，沉默寡言，非常刻苦。老师要求两人一组给对方画像，她和阿城被分到一组。也许就是画像的那一刻，她爱上了他。从此之后，他们每天一起上学放学，每晚他在画室里练习到深夜，她便留下来陪他。她是走读生，为了他寄宿。他家境不好，她常常接济他，给他打饭，家里带的零食饭菜也都留给他。

阿城的志愿是清华美院，对她说，我们是最好的朋友。朋友，而不是恋人。她没有说出自己的喜欢，为他做的一切表明了心迹。她以为，他知道。除了她，阿城没有别的异性朋友，满腹心思都在高考。她觉得，也许时机不够成熟，而阿城"唯一的异性朋友"也让她感到欣慰。

因为家境的缘故，阿城没有如愿去清华美院，转而去鲁迅美术学院就读。她因几分之差选择复读。复读的那年，和阿城断绝联系。不是不想他，只是想着心无旁骛考入他的学校，再一次相见，并且相恋。

她为阿城复读一年，次年考入鲁美。他乡重逢，再相见时，阿城已有了女友。

有些人，与他关系再好也不能谈爱。这是一个敏感的字，一旦触及，就会崩裂。她以为，那一年的朝夕相处就是爱。我爱他，我是确定的，可他爱我吗？也许爱，也许不爱。爱与不爱中，前者是后者的迷障。

爱的人出现，是为了让我们确认开始，而不是结果。开始有许多种，是一见钟情还是两情相悦，是单相思还是三角恋，我们并不知道。只知道，爱是关联，就像太阳与月亮，即使见不到，也有着同一个目的与同一个初衷，照亮。照亮彼此，以及彼此的世界。

她说："世界上最遥远的距离，不是生与死的距离，不是天各一方而是我就站在你面前，你却不知道我爱你。世界上最遥远的距离，不是我就站在你面前，你却不知道我爱你，而是爱到痴迷，却不能说我爱你。"

故事没有就此结束。他和女友经历分手、复合、再分手。那四年，她默默地关注他，有时照面，彼此点头一笑，然后擦身而过。

他在学校很受欢迎，她也不再是他最好的朋友。他参加学生会，每年拿奖学金，让她望尘莫及。别人谈恋爱，她选择一个人，坚守等待。

"你的生命里有没有出现一个想忘却忘不了的人。你和别人在一起，会时常想念他。他不属于你，你知道，却有一刻幻想曾经拥有他。他是你的，旧情人。"

他是你的，旧情人。

毕业之后，他去了北京。他的"校内"，她时时关注。从桐城到大连，从大连到北京。她追了他七年。跨越七年，十八岁到二十五岁，小女孩长成大姑娘。爱一个人的心，始终不变。

"这辈子，我只认定他。没有别人，只是他。"
"如果得不到回应呢？如果他爱上了别人呢？"
"没有关系。他总会明白的……"

那夜她哭泣，是因为终于在地铁里见到了他。

你也许不会相信，晚晴的坚决与固执。为了叫阿城的男孩子，没有毕业就跑到北京，找工作，找住处。她听说阿城在中关村工作，便去那里实习。从住的地方到工作单位，只有一条线路，每天掐着时间上班下班，只为在地铁里遇见他。后来，她打听到住址，搬到阿城住的小区，工作也换到他所在的大楼对面。那时，我已经与她分开了，只偶尔留言，问她过得可好。

一年前的春天，我外出旅行。她给我写了一封邮件，告诉我一切都好。在信中，她对我说，七年的等待，七年的坚持，七年的暗恋，我终于和他在一起。

想起那部电影、那首歌，那些年，我们追过的爱过的，男孩子与女孩子。

"那些年错过的大雨，那些年错过的爱情，好想拥抱你，拥抱错过的勇气……那些年错过的大雨，那些年错过的爱情，好想告诉你，告诉你我没有忘记……"

这是一个美好的结局。七年，感动上天，感动所爱的人，走到了一起。也许曾经的错过，缺少的正是这份勇敢与执着，未必要说出"我爱你"，那些年的等待与坚持已然说明一切，比一声"我爱你"更撼动人心。

晚晴的爱，付出的远比得到的令人感动。不是阿城，也是别人。只是阿城比别人更幸运。她始终明白自己要什么，便不觉得付出是一件多么辛苦的事。而很多人或者说多数人，对于没有回报的付出，更多的是抱怨。付出便是付错，重要的不是过程，是结果。

爱的路上，遇见的人，背离的人，皆是过客。真正停下来并肩欣赏风景的，寥寥无几。行色匆匆，用最淡的心事掩饰最坎坷的经历，再深的爱也埋藏心底。痛，也要痛在心底。喜欢这句：我站在你面前，你却不知道我爱你。就是要让你不知道，我爱你……曾经，爱过你。

我们同样深爱一个人，你选择事过境迁，笑着说出。我呢，永远不想让对方知道。

某天，对一个人说，去行走，去看，去记得。忘记年轻的样子，变成年老的样子，邂逅一个人，与他牵手走路，不问世界尽头。

白 天 不 懂 夜 的 黑　　　那英《白天不懂夜的黑》

有没有听过一首歌，《白天不懂夜的黑》？那是很多年前，母亲爱听的歌。她有一个日记本，记录当时的心境。一些读过的印象深刻的话、听过的歌，也会被摘录进去。

"你永远不懂我伤悲，像白天不懂夜的黑。"

白天和黑夜，仿佛一对没有交集的情人。黑夜想念白天，白天永远躲避黑夜。

夜晚想一个人，他过得好不好，正在做什么，身边有没有别人。会因为他的饮食习惯改变清淡的口味，即使已经分开很多年。在意自己的容貌，眼角细纹暗示和他分离多久，思念有多久。他有没有想起 一个人，看着同一轮月亮，此岸彼岸数着天上的星星。

爱一个人，却不知道如何靠近他。靠近是一种罪，我怎么能允许自己犯罪，唯有离开。

谈过为数不多的恋爱，全部无疾而终。不愿回头，也不愿再想。一个同学在新公司遇到前任，他们成了同事。对我说，一起吃饭，他请你。不知如何回应，推托不去并非矫情，而是不愿再制造重来的可能。

后来，再有人介绍，或者要求复合，都不作回应。即使花时间、耗心力，即使一个人，也不允许和不了解自己、不忠于自己、不珍重自己的另一个牵绊，哪怕是很短暂的一刻。

恋爱的结局要么是分手，要么是结婚。想找到那个与自己结婚的人，如果起初就知道结局不是想要的，宁可从未开始。我知道这条路难走，未必就能走下去，可就是这么固执，就是这么相信。我要的、我等的，是我全部的担当。它值得。

让生命变得更美好，也更独立。
爱是锦上添花，不见得繁花似锦。

没有经历爱的人，对爱怀有憧憬是可以理解的。爱是喜悦，但要单纯；爱是美丽，但要质朴；爱是热烈，但要持久。失去其中之一，都不足以抚慰一颗对爱虔诚的心，让它得到平和的质感。我们遇到的人，也许是适合的，也许是中意的，也许觉得他就是对的了……以后遇到更好的，也不会属于我。这正是我们的脆弱之处。

你可知道，当你的心下沉，以为自己做出正确的选择时，不过是安慰，逃避现实，逃避孤单软弱的另一个自己。那个自己，是真实的你。

这是母亲说的。没有人能挨过心灵深处的软弱与孤单，爱也许是解药，但其实根本不是。

白天和黑夜只交替没交换，无法想象对方的世界。
我们仍坚持各自等在原地，把彼此站成两个世界。

黑夜的孤独忧伤，白天永远不知道。它只看到黑夜的深沉、冷漠，却看不到黑夜为何深沉，为何冷漠。非常害怕和一个人接近，他不是自己，不是母亲和孩子，有着血肉不可剔除的牵系，感情也说不上多么深。现在是，只为相爱而相爱，相识不过途径。愿意，结合，做爱，分开。这之间的过程，眼花缭乱甚至不到一夜。余下的一天、一月、一年……十年，都是分开之后没完没了的争吵、冷淡、挣脱。

不了解你的人，不会在你哭泣时给你依靠的肩膀，不会在你做错事的时候原谅你。他们不会给你宽容与谅解、时间和信任。也就是，他们不爱你。你要的爱，是像白鹭一样双宿双飞，像青石一样风吹不变。你是白天，你的情人就不会是黑夜。黑夜有黑夜的守护，也许是星辰，也许是微风，也许是酒醉迷路的归人，却不是你。

年轻时，凭直觉去爱，莽撞糊涂，不计得失。经历爱情宛如经历一场尘世的历练。看得见高空也要丈量脚下的大地，走出的步子收不回来。那些消失了的温柔渴慕，丝丝缕缕，日月也泛起光阴。

拣选可爱的人，不降爱的质地。前提是，我与你，我们彼此体谅，彼此宽容，彼此接纳，彼此亲近。烟花在高空绽放，那么炫目迷人，仿佛全世界都是它的幻影，美丽得不真实。炽烈的感情、燃烧的欲望，都要归寂。白天是要进入黑夜的，我们的情，从一个人过渡到另一个人，由我至他，不多也不少。

这个世界有多冷，你不是不知道。像蜗牛一样蜷缩，有柔软的肉身，有防备的姿态，偏偏没有敞开接受光的心，也就错过了春风与共的美景。多么可惜。

她对我说，你该明白，我们一生至少爱一个人，至少有一次爱的选择。无所谓对不对，错的也当是对的。在此之前，擦亮你的眼睛，像在黑夜里寻找光明一样，他是你余生对生活的希望。

以后你要爱人，要成家，要离开……而这些，正是我唯一想对你说的。

　　爱情的迷人之处，不是风花雪月的眼泪，而是细水长流的微笑。要学会微笑，微笑着走进一个人的心。黑夜再黑，也有月光，又有何惧。

喜欢一个人会卑微到尘埃里，然后开出花来

张爱玲

对张爱玲，不仅仅是喜欢或欣赏。相信她的读者有着相同的态度，也没必要把她当神。张的高处在于，撕磨爱里的人性，优雅也残酷。

写过一本谈胡兰成的书，从他的角度看这场旷世之恋，又是一番异样惊动。

"见了他，她变得很低很低，低到尘埃里，但她心里是欢喜的，从尘埃里开出花来。"

她后来和赖雅结婚，为的是找个伴，安度残生。没别的意思。爱那个人已经爱掉了力气和尊严。胡在《今生今世》里写道："……天下人要像我这样欢喜她，我亦没有见过……她的文章人人爱，好像看灯市，这亦不能不算是一种广大到相忘的知音，但我觉得他们总不起劲。我与他们一样面对着人世的美好，可是只有我惊动，要闻鸡起舞。"

一生有这样一次就够了。再美的花都要枯萎，为爱凋谢好过独自枯萎，她又为何要博得同情。这场只有你我的棋局里，她未必是输家。

"因为懂得，所以慈悲。"

有部小说叫《海上花》，原型是当年的孟小冬与梅兰芳。孟小冬后来嫁给了杜月笙，那个叫梅卿的女子选择了当修女，了断尘缘，独自生活。

"转身浪影汹涌，滚滚翻红尘，载沉载浮，遥寄海上花。"

爱至怎样的境地，放下身段，委曲求全。再美、再好、再骄傲，亦在它面前臣服。它是战无不胜的王，是高贵不可亵渎的皇冠、血与泪铺就的荆棘之路。青花痣，红颜泪，倾城雪。满腔柔情致使她沉沦，说不清道不明。

所记悲欢离合、爱恨情仇，如雾如影，似前尘旧梦。

于是写道：人生是一场惊梦。梦里百般缱绻绮柔，过尽千帆，总有梦醒之时。醒时初，夜如年，她欲乘风归去，化作一只翩跹起舞的蝴蝶……乱世里的才子佳人，唱与说比戏文里的还要生动好听。才子意兴，佳人芳华，两情相悦朝夕相待，度得一个"乱"

世，因了这个"乱"字，才有了"庄生晓梦迷蝴蝶"的生死相照。

一寸心，万象顷。所谓迷情，不过如斯。蒙得了眼，蒙不了心。

孟小冬爱梅兰芳，甘愿俯低，后来分手。跟着杜月笙，为他生儿育女，照顾起居，多少年深居简出，无名无分。杜月笙病重欲迁法国，她说，我跟着去，算丫头呢还是女朋友呢。

四月天，雨纷纷。窗外仍在下雨，《游龙戏凤》的曲子咿呀入梦，醒来，天还未亮。闭目倾听，耳畔有风吹叶落的声音，像是一场时光走过的脚步声。用一夜来觉醒，犹如春风绿满枝头、桃花洒落人间。一生不过一夜，之前是未醒，之后是寂灭。

"她觉得过了童年就没有这样平安过。时间变得悠长，无穷无尽，是个金色的沙漠，浩浩荡荡一无所有，只有嘹亮的音乐，过去未来重门洞开，永生大概只能是这样。这一段时间与生命里无论什么别的事都不一样，因此与任何别的事都不相干。她不过陪他多走一段路。在金色梦的河上划船，随时可以上岸。"

雨声未落，想起那些日子，夜夜漫长等待，不知在等什么。天色渐亮，微光透过窗子，照着人睡着的容颜，依稀听得烟雾里朦胧的远声。你不再期待，也不再寻求。尘世万物，一草一木与你有何关系。生命燃成灰烬消逝于大海，活过，笑过，爱过，痛过，演出这场未完尽的红楼梦魇。

人世间所有相逢与相别，犹如花开花谢。欣赏花开时分的美，受不了它的凋谢。好年华，众者爱。迟暮或逊色的，都遭遗弃，任她曾经美艳娇贵。如果付出就意味着得到，如果经历就可把它忘掉，如果开头是相见结局注定是相守，传奇里也就没有那么多曲终人散的收场了。

经历那些惊涛骇浪之后，应该会有一个人陪你细水长流。我与你感同身受。但，这个陪你细水长流的人只是你的理想。把爱情看作理想的人，永远不会妥协。把爱情看作生命的人，反之。生命总是要走下去的，最好的方法是明哲保身，接受它给予你的一切。

无论曾经多么高傲与卑微，经受挫折都要承认失败。安静、坦然地，妥协。

倘若爱情是一朵花，就让它开在一生最美的年华里，凋谢入尘埃。倘若爱一个人如生命，而他只是把恋爱当作一场高级游戏。对他最稳妥的方式是——道别。

我爱你，永远不见。

我 喜 欢 你 ， 也 愿 意 放 弃 你　　亦舒

一个朋友非常喜欢亦舒。她说，亦舒的文字就是有种魔力，人无论在怎样不堪的境遇，读了她的书，都会转好。

我想：她说的转好并非境遇，而是心境。意思是，能解心也能剖心。突然大彻大悟，阴霾散去，守得云开见月明。亦舒式的爱情，给你一巴掌，再给你一颗糖果。你是先挨巴掌，还是先吃糖。这决定你的爱是喜，是悲。

读到这样的句子：等待太久得来的东西，多半已经不是当初想要的样子。的确是这样。比如，喜欢一个人，喜欢久了，倒忘了他被放在心上时的模样。似乎觉得哪里不对，与当初有很大落差。再比如，你跟他结婚，婚前与婚后一定有差别，多半不是原来想要的。和谁无关，其实是心里搁置的感觉变了味。

一切都逃不过感觉。看似不变，其实在变。

从出生开始，供我们选择的时候非常少。父母不能选择，他好或不好，都要学着适应并且顺从。小孩子无从选择，生下他，抚养他，塑造他。也许长成与期望完全不符的样子，但千万不要怪他。而与你相伴的人，其实也是不可选择的。

大概是家庭的缘故，明白想要的必须自己争取。看到邻居小孩子吃巧克力，回家管母亲要。她说，你吃第一块就想吃第二块。第一块可以买给你，第二块呢？不吃，也就断绝一而再、再而三的渴求。恋爱中，对方给一个微笑，会想到拥抱，拥抱之后是亲吻……想要更多身体上、感情上的接触。要得越多，陷得越深。

对人的情感要收放自如。我很爱他，心里知道，不见得说出口。说出口的多半失去真意。现实中听惯了甜言蜜语，固然动听，但是廉价乏味。像批发市场售卖的丝巾，人人戴，都夸好看。他爱你，你不说他也知道；他不爱你，你说出口他也当不得真。

"我喜欢你，也愿意放弃你。"

人生中，你总要先明白什么是放弃，才能明白真正的喜欢是何意。如果一个人说出这句话，他的放弃，比喜欢更珍贵。因为他掏出了心，他是真的爱着，爱到不能再爱，甘愿放弃。无情的话语看似无情，深情非同一般不为人知。如果被人这样告白，是幸福的。

深情是一桩悲剧，可读不可言。我人生的字典里，做到喜欢容易，做到放弃很难。大概因为太执着，太迫切需要。覆水难收，好花难再。这种心情，好比心灰意冷，看不到天上终年不落的星。哀而心不死，一边流泪，一边微笑着说再见。

有鹿的怯心就不能露出虎一般的姿势，因为承担不起勇猛的后果。隐约觉得是爱的，但过去已成过去，太久想不起。故而，喜欢你，也愿意放弃你。爱你的代价既然是耗空，我亦没什么可舍不得了。

阿媚是我在西班牙邂逅的女子，英印混血，在中国出生长大。比我小一岁，经历曲折。我们在海边聊天，看着地中海澈蓝的波浪，孤帆远影，白云如烟。她说，她喜欢有海的国度，海让人想起故乡，想起躺在爱人怀里的味道。

阿媚的母亲是画家，父亲是摄影师。两岁时，父母分手。母亲回国，父亲带着她和一个中国女人结婚，几年后离婚。一年前，父亲意外去世，阿媚辍学开始到处漂泊。她绘画和摄影水平都很高，以此为生，在丽江开了家画廊，找人打理。画架与相机不离身，去过很多地方，阿根廷、新西兰、丹麦、智利……把美丽的风景和行人画在画框里，再做成明信片在当地售卖。相机拍摄的照片经过处理，寄给杂志社。

阿媚的男友是西班牙人，做街头艺术。她带我看他的铺子，挑选手工艺品送给我。她说，男朋友对她而言是需要，她需要他。依靠的人，已经不在。爱的人，永远得不到。那个她爱的人，是她的老师。

"我的中文是他教的，你听，我说得多么流利。但我很少说，因为那个听我说的人不在身边……丽江的画廊为他而开，他永远不知道。"

他们走上青石砌成的桥面，富有哥特意味的教堂在迷蒙的夜色里若隐若现，具有年代的久远感，也因了这样的久远，更加赋予其神秘与庄重的意蕴。两边的路灯一字排开，晕黄的灯光点点闪烁，贯穿桥身，仿若明亮的星河。古希腊的神像在夜风中岿然不动，如同夜祷者倚灯相伴。河水寂寂流淌，任时光带也带不走。她说，我在这里待上不算短的时间，闲来无事就去河边走走。曾经喜欢过一个人。

七年前写下的文字。七年后，拿出来重新阅读。想起这样一段往事，一个二十二岁的姑娘告诉了我她经历的一切。这个未完的故事，终于得到它的圆满。

一个人的爱，需要担当。所担当的一切必定包含承受之外的。

让时间去见证，我们无论失去多少、多久、多么深，都要明白这个
道理。年华是生，快乐是死，好年华里会有快乐吗？当我们有一次
选择，深知为这个选择要做怎样的决定，是能为此赔上的全部。不
快乐，也甘心。

伤 痕 也 要 是 一 种 骄 傲　　刘若英《我很好》

痛得久了变成疤，留在身上作为纪念，就叫作痕迹。很多人喜欢文身，蝴蝶、字母、姓名、句子，每一种图案都有它的寓意，为失恋、为哀悼、为教训、为信念……印象深的一句话是，Keep My Faith，哥哥把它文在胸口。他说，这是爱，你不懂。

我确实不懂。我若懂，也不会执迷这么久。

很早就独立，也很早就明白这个世上，有一种感情刻入体肤，与血肉同在。懂事之前，本能地想讨好每一个人，他们给一个笑，世界就灿烂。那时候其实不懂所谓的感情、所谓的亲疏有别。懂事意味着情动，那个给你笑的人一定是唯一的，且让你明白什么是爱。

春天的花开得很美，时光悄然流走不觉，只是贪恋。走路的人，谈天的人，喝茶的人，赏花的人，每个人的脸上都流露出隐约的笑意，恰似一种温情。繁花之中尤喜茶花，三四月间开放，花期不算太长。花朵饱满、明艳，温柔的粉色，闻起来有股清透的茶香。

人的感情就如茶花，花期一过，即刻凋谢。满室茶香萦绕，还是有值得想念的余地。待到新花开旧花落，热闹已成徒然，唯有当下静默。像花一样，有开有谢，顺其自然。我们要等待的不是花期，是花期之后漫长的余年，凋谢后以怎样的姿态再度示人。

屏风上的寒梅很美，若置于百花中，未必能令人眼前一亮。我们做任何事情，都要应时应地，即使与一个陌生人说话，也要懂得宜景宜情的技巧。

获得什么样的感情，取决于你是怎样的人。就像水照出脸，反映的实则是内心。你平实，感情也平实；你虚华，感情也虚华。你如何待它，它便如何回报你。年轻女孩子容颜娇美、资质拔尖，以为这样就能够等价交换，她并不明白自己想要的是什么。

举行派对，饕餮盛宴。男男女女，肉欲色欢。她们没有正确的价值观，把自己当作商品一样标价出售，各种砝码加身，被利用、践踏、玩弄、遗弃，也无所畏惧，不知道自己其实是别人手上的玩物。也许知道，但就是觉得做玩物比做一般人好。

保护自己，是爱自己的首要条件。

想想童年时，母亲是如何保护你的。你成为母亲，也要保护自己的孩子。你其实像个孩子一样渴望爱护，如果这个爱护你的人没有出现，宁可亲手把弱小的自己毁掉。

身体的伤痕可以用文身遮盖，心上的呢？
文身刺了又洗，洗了又刺，针尖再利也穿不过心。

人因脆弱，想要把离去的都留住。好时光，好景，好的情。我们如此留恋美，亦同样执着不美。再丑陋的疤痕都应让它留在身上，不要试图擦掉或用别的东西代替。它见证玩世不恭的青春岁月，一段坎坷曲折的心路历程，一场从喧嚣归于平寂的盛世恋。它让你明白，有些事、有些人、有些情，都要自己去经历，忍得了痛，破茧成蝶，回归最初的清白。

"伤痕也要是一种骄傲。"

走过黑暗尝过冷暖，享受成功遭遇失败，我们如何以淡定的姿态立于世，不困于心。即使人到中年，也未必通达。归根结底，人的生活其实是平淡的。平淡地享受生命带给我们的微小喜悦，邂逅一段不算贵的爱情，把它买下来，珍藏在盒子里。它比摆在琉璃架上供以挑选的收藏品让人有耐心，它是你的，不是别人的。

　　骄傲是一种气质，做平淡有气质的人。有人说，狮子的忧伤你永远不会知道，因为它太骄傲。快乐的时候，我们要尽情地快乐，留给外人真诚可爱的一面。有伤，是在心上，慢慢治愈。我的伤痕你不必知道，我有足够的时间和信念，使它消失。

　　"懂事之后，你觉得会爱这个人一辈子，那也许就是真的了……"

　　是的，即使很受伤。

知我者，谓我心忧；不知我者，谓我何求　　《诗经·黍离》

电影《画皮》里，狐妖小唯唱起一首歌："知我者，谓我心忧；不知我者，谓我何求。"

这是两个女人与一个男人的故事，归根结底是每个人的故事。人在爱情里遭遇敌手，其实是困守。我们要面对的是一场杀戮，还是杀戮之后的救赎，本质是殊途同归。

和朋友聊天，他说，男女感情要有备才觉得无患。互相揣摩心思，在此之前，通过聊天、试探、惯性、测试等做好充足准备。战胜心里的恐惧和负担，才能进入角色。我们把恋爱当作训练，外表无懈可击，内心忐忑闯关，男人像特工，女人像间谍，整装出发，做到心中有底才不会输。

一直信奉恋爱中要顺其自然，过去是，现在依旧是。但这种遂性的恋爱观往往吃亏。

我们不觉得为一个人奉献就应该要求他做出回应和牺牲，只要他知道就好。不仅仅是因为爱他，还有来自潜意识的深层防备。索求会产生质疑，突破层层障碍看到的是最不想看到的结果，宁可在编织的谎话里偷笑着过。

生活中的许多事，其实是和自己较劲。当你坐在电脑前，开始日复一日的工作时，你其实知道它是一个陷阱，掉进去，烧掉了青春再也出不来。结婚生子，成为父亲与母亲，家庭的责任让你一面不得不担负，一面想着逃避。如果一次重返年轻的机会降临，譬如遇到比自己小的异性，譬如背包去旅行……不是理智的选择，是心的选择。

恋爱也一样，要突破来自外界和自身的双重瓶颈。

过去觉得，两个人在一起，一定要相知相许。现实是，你不知道我的心事，我亦不知你的。我不知你心里有没有装着别人，又或是对上一段感情念念不忘，不肯释怀。这种情况，无从安慰，探知不得。

恋人之间的猜忌与嫌隙，都是因为想了解对方的心思。关心则乱，出发点是真心，终点也是真心。有句俗语是难得糊涂，他既已做到对你好，又何必知道是不是也对别人好。

我们要给对方空间，也给自己空间。

爱一个人，真心是其次，让他看到才是关键。同样的，你看到他的真心，那便是。如果每个人都能做到对彼此隐私的尊重和那么一点疏淡，世间也就不会出现那么多因太爱而分离的怨侣。殊不知，太爱有时候也是一种负累。

我宁可你身体出轨，也不能忍受感情的背叛。不是这样。换作我，宁可他在感情上背叛我，也不允许身体的背道而驰。身体是感情的前奏，我无法忍受同床共枕的人还与别人有肌肤之亲。如果他在感情上背叛，我有决心彻底离开或者给他一次机会。人的情感在一些情况下会发生偏离，这次机会是让他意识到，偏离是必然还是偶然。

最好的情形是，身体和感情都忠实于你。这种情况现如今越来越少，我们已经退而求其次不在乎他的恋史与婚史，只求在一起的时候做到彼此的唯一。也很难。给自己一次选择，离开他还是依从他，第一次很重要。离开就是坚决地离开，依从就是无底线地依从。这决定你的未来是可能的幸福，还是彻底的苦难。

三个人，有一个是爱自己的，有一个是自己爱的。电影结局选择和自己爱的在一起，无一例外。生活相反。现在的人都变得聪明，物质之外，当然是选择跟让自己舒服的人一起生活。而那个让自己舒服的，一定是爱自己的。

　　"喜不喜欢，合不合适，能不能在一起，是三件不同的事。"

　　我想你知道。心的倾向当然是喜欢，喜欢是我知你不知。合不合适要因地制宜，能不能在一起才是最终结果。它意味着，你知，我知。要做有把握的事，恋爱也一样，谈有把握的恋爱。那些让你捉摸不透的人，不要过分念想；那些让你太想知道的人，应当保持距离。去和愿意走近你也让你走近的他接触，给一点时间，也许就能触摸到彼此的心。

　　"知我者，谓我心忧；不知我者，谓我何求。"

　　总是要遭遇如此困惑的时候。心忧也好，何求也罢，关键在于自己心中有数。我何尝不希望我忧的正是你知的、我求的正是你能给的。你若知，我便安。你若不知……没关系，总有一个人愿意让我知道。

4

一个人的失去

失去的，得到的，都是我们错过的

失去的，得到的，都是我们错过的　　佚名

　　深夜一个人重温《海角七号》，优美的旋律回荡，心事如烟转瞬即逝。想起另一部电影《入殓师》，终于明白一句话："失去的，得到的，都是我们错过的。"

　　那年七月，天很热。回去参加叔公的葬礼，遇见青梅竹马的儿时玩伴。他长高长大了，有一份体面的工作，娶妻了，很快女儿就要出世。褪去了少年时的青涩和稚嫩，他看上去意气风发，成熟端庄。十多年来，他一直是我心仪的男子类型。无论他如何改变。

　　小说中，他的名字叫濂，如今已是三十出头的人，我们或许一生都不会再相见。难忘对他的最初印象："平和的脸，寻不到一丝青春跋扈的痕迹。仿佛洗尽铅华的归鹤，寻得一处安栖绿湾，于晚阳下孤独站立，便能长长久久，了度此生。"

　　那时的感悟是，少年人总以为爱太缺乏，最后越过思念这一层，爱是苦难。确然。二十岁的年纪，很多事看得还不够分明，感

情是最重要的，也是最容易先放弃的。生存的压力迫使我们做出一些看似残忍的决定，对别人不公，对自己何其不是一种哀。

我一直喜欢他，这种喜欢在他成家之后依然没有变。我们许多年未见，我知道这种关系已经发生实质性的改变，正如他的面孔，随着内在也在改变。而我要认定的是，我喜欢这个人的少年、青年……他一直在我的记忆中，保留着最初的印象，这就足矣。

生于世，空虚有时，寂寞有时，彷徨有时，荒芜有时。
人至暮年，再回首，最重要的莫过于感情。

叔公一辈子没有娶妻，一个人过着闲云野鹤避世安然的生活。我的家族，似乎每一代都出现一个与俗世格格不入的人。从工作中抽离，不与人交往，过自己想过的生活。对待感情偏执专一，爱一个人就会爱到底，不再接受之外的任何人。

他年轻时深爱过一个人，那个女人后来嫁给别人，成为他一生挥之不去的隐痛。如果前半生是因为爱情放不下，那么后半生是为了自己。我不知他是否明白，守爱是很难的。那些年的孤独、误解、嘲笑、封闭……一个男人如何挨过，多少人在背后说闲话，就连亲人也对他多有非议。

爱极了断，依旧深情往来，挂念心上。他走时没有留下遗言，枕下是一片枯萎的枫叶。那是他已死的爱情。

人的迷惘与年纪无关。你迷惘是因为你不知道什么是想要的，什么又是人生中最重要的。小时候以为是梦想，长大后以为是需求，老了才知道，是感情。一生中最重要的是感情，无论得到还是失去。

这一生，我们永远都不知道谁是陪着自己一直走下去的人。

我在葬礼上见到他，那种心情犹如走过千山万水，看到海已消失、花已凋谢。少年的情就这么散了，注定的错过。我知这是必然，即便有一次可能，我们相差无几，我们靠得很近，也一样是失去、一样是错过。渐渐明白，放手是比执着更艰难的决定。看他安好，看他亲切，看他转身，然后，给一个微笑。而这，就是所有的回报。

人生事，太多太多，因过而错，因错而过。生命的困与苦，取决于你拥有的终不是你应得的，得到的不足以弥补所有失去的。情缘的深浅，不是天定即可作数，偏偏是天定便可收场。每个人都是岁月的送终者，得到温情似水，忘却几度风云。

他给她写信，一封一封。1945年，邮轮，海上。他说，我会假装你忘了我，假装你将我的过往像候鸟一般从记忆中迁徙。假装你已走过寒冬迎接春天，我会假装……一直到自以为一切都是真的。然后，祝你一生永远幸福。

那一沓信被他锁在房间的抽屉里，直到死后被女儿发现，漂洋过海，六十年后回到爱人的手中。那些迟到的忏悔与告白，跨越时间、地域，成全一对年轻男女的相爱。

镜头转换，他给他做最后一场仪式。抚摸、清洁、擦拭，掰开紧握的双手，儿时的石头握在父亲手中。他终于明白父亲对他的爱，这块石头是他们的约定。三十年后，面对父亲的遗容，为他入殓，将他手中的石头交到妻子手中，护佑未出世的孩子。

每个人都有自己的回忆，回忆收声，岁月有痕。我们是时光的遗忘者，我们也是时光的拯救者。看似无劳而煽情的剖白，首度开腔的勇敢，对世事苍白软弱的坚持，都是对生命最重要的修复与敬畏。

注定无眠的夜，想起那些旧事，旧事里的人和尘封的少年情。我知道，我终究要面对一个人的时间荒涯，将搁置已久的情感投掷于人迹罕至的虚空。我亦知道，你会在不同的路上与我做伴，最终平静释然。

而我此刻要做的，是将这段话送给你。

失去的，得到的，都是我们错过的。

回来的，离开的，都是我们放弃的。

我想知道，怎样才能戒掉你　　电影《断背山》

1963年，美国西部。他们在断背山相遇。

这个故事里，爱情褪去性别，回归最初的本质，直觉。不知道多少人看过，有些人或许难以接受同性间的相爱，因价值观对这部电影嗤之以鼻。形式并不重要，重要的是内核，以及映照出的人最真实的本性。当我们面对爱情，其实无从选择。

十八年的时光，1963年至1981年。

两个西部牛仔在断背山相爱，后又分离，各自组建家庭。如果没有那段经历，相信他们的人生就此走向平淡，以及衰老。如果无缘，四年后就没有那次宿命的相见，经过时间的过滤，爱意非但没有逝去，反而更加强烈。那个叫埃尼斯的男人，四年前还是一个桀骜不驯的大男孩儿，也招架不住爱情的突然闯入，以一种让他完全意想不到的面目去面对。

所谓爱决定怎样的人生，真是如此。

想想我们，平凡的人过平凡的生活，经历平凡的爱情。你可能这辈子都不会遇到一见钟情的人，也不知什么叫真爱。因为根本无从遇见，无从经历。大多数人的轨迹是，出生、成长、读书、工作、相亲、结婚、生子、老去。生存不是生活，这是我们来到这个世上首先面对的难题。也就是，我们为了生存在做最大的努力和退让，包括看似与之无关的恋爱与婚姻。

每一个年龄阶段，要做每一个年龄阶段规定去做的事情。十几岁时读书，二十几岁时工作恋爱，三十几岁时成家立业，四十几岁时达到人生的巅峰……近来父母常常对我说的一句话是，我们老了，你要赶紧成家了。不只是我，很多人、太多人，在这个不上不下的年纪，要面对无数重压力和不得已，家庭的、社会的、自身的……你是要坚定一个人的道路走下去，还是随着一大片人沉入看得见的人生。

倘若不是坚持，我已看见未来的我，将是怎样平凡庸碌的样子。大学毕业后，假使幸运，和一个朴实真诚的人恋爱结婚，为他生儿育女。工作不再是重心，完全归属家庭，为丈夫、为孩子，渐渐地，忘却当初因着理想碰壁流下泪水的自己，那个不甘心被现实击垮的自己。如果不幸，连恋上一个人的机会都没有。蹉跎几年，不好不坏，接受安排，生老病死。

也许过几年，我会接受命运给我的安排，不忍父母老去还为我操心。我想他们好，必得忍住心中感受的所有不好，假装无事……那也是几年之后的事情。而现在，我想为自己踏踏实实诚诚恳恳地活，随心而活。放下所有人的负担，享受一个人的自在。

每个人的心中都有一座断背山。但，真正打动我的台词是那句："I wish I knew, how to quit you."

"我想知道，怎样才能戒掉你。"

李安凭此片获得第一个奥斯卡最佳导演奖，这句话成为当时风靡美国的经典台词。太多盛名，包括震慑灵魂的"断背山之恋"。而我看到的，是人如何突破内心禁忌去寻求一次活着的价值，在平凡的一生中找到不平凡的刻骨铭心。

我们拥有的本来面目，是一个不辨是非、不知所为的孩童，父母告诉我们怎样去走，老师告诉我们怎样去学。同学、朋友、同事、客户、一面之缘的陌生人，他们在不同的位置，以截然不同的处世观潜移默化地影响着我们。世俗即内心参照的规则，因了参照，过得从来不自我。

爱是我们的里程，一旦起程，所有懦弱不安将被打破。取而代之的是勇敢、坚强、独立、无悔。人生无悔，选择怎样的生，便怎样的活；选择怎样的情，便为此倾国。

他死后，他开车来到他的故乡，见到他的父母。房间依然保留儿时的样子，仿佛他从未离开。抚摸小时候玩过的玩具，打开窗户，坐在窗边看着外面的天空，苍白静寂，如同当下的心情。故人不在，活着的人还要继续活下去。

他发现遗失的衬衣，衣袖残留干涸的血迹。那是十八年前，初次到断背山，临走之际两个人打架，他的血留在了衬衣上。他偷了这件带血的衬衣，珍藏起来，外面罩着一件深蓝的牛仔服，是自己的。

他带走两件衣服，最后看一眼他的家。骨灰没有撒在断背山，葬于家族墓地。

"每一个不懂爱的人，都会遇到一个懂爱的人，然后经历一场撕心裂肺的爱情。不懂爱的人慢慢懂了，懂爱的人却不敢再爱了。"

屋外，晴朗的天，仿佛十八年前的夏天。一切似乎未变。埃尼斯打开衣柜，两件衬衣完好无损地挂在柜门上，旁边贴着杰克寄给他的明信片。美丽的断背山，象征他对他的爱。

"I swear……"他说。他终于懂得这份沉重的爱，以他悲惨的死，还原一生的爱情。衬衣变了位置，格子裹着蓝色。生前，杰克守护两个人的爱。死后，换埃尼斯来守护。不管是谁，他们的爱情就如苍郁挺拔的断背山，饱经时间的侵蚀仍坚固如初。

"I need your love in my life, I want to spend time till it ends."

"我愿与你，相守终老。"

而我也知道，有些情终将消失，有些人也终于忘不掉。

只 是 当 时 已 惘 然　　　李商隐《锦瑟》

"此情可待成追忆，只是当时已惘然。"

每次读到这两句，都会停下来陷入一个人的遐想。想那些时光里流去的人，那些消逝了的红尘旧事，想那个叫李商隐的人，何故写下这首诗。有人说他写情，有人说他咏物，有人说他和歌……一首《锦瑟》，流传千年，也困扰了痴情男女千年。

人因有情，才会觉得世间万物皆是美好。即便在白纸上临摹一个"静"字，亦觉得当下的心就是静的。看完一本书，反复记得书中的一些话，书中的人，他们的情感走向、命运终结。他们是心中潜伏的影子，观照出现世之态。我们从一个字、一句诗、一本书中得到的东西，只要是得到的就是我们需要的。

当爱已成往事。

世上的感情，分为握住的和逝去的。握住的即现在，逝去的是过往。但不能确定现在握住的是否很快变成已逝的。人无恒定，会爱一个再爱一个，朝生暮死，不仅仅是形容一种叫夕颜的花，也是形容留不长的情愫。当时爱着，转身即忘。

怎样不让自己变成一个旧的人，怎样时刻保持新鲜最初的感觉？看后宫中的各色女子，使尽心机耍尽手段，无非是想留住那个喜新厌旧的人。根由不在你这里，在他那里。只要是他喜欢的，旧的也是新的。

你在他眼里是什么样不重要，重要的是在你心里，你记得与他初见时自己的样子，保持下去。总有一天，当他在繁花中采撷累了，不期然想起杏花树下吹箫闭目的你。那样遗世独立，仿佛风一吹就要消失，他会迫不及待地抓住，不让你走。

"往事不要再提，人生已多风雨，纵然记忆抹不去，爱与恨都还在心里。"

莫失莫忘。流失的是岁月，忘却的是故情。生命教会我们的成长，正是在流失中忘却。但此情依旧，如何敢忘。人的记忆会随着时间疯长，哪怕是一段错付的情、一个错失的人，也会阻梗心怀，碎念难平。

不是一段情嫁接一段情，也不是一个人替换一个人。人生不是演戏，没有那么多刚好与预备、等待与及时。时间缓缓而行，总有人被逼至成长，狠得下心狠不下情，而这一切，不过是为了找到来时路。从此以后，山高水长，两两相忘。

不是爱风尘，似被前缘误，花落花开自有时。

想起文青，她总说她是有故事的人。那年二十岁，她跑到厦门去看海，遇到一个台湾人，说要带她去台湾。家里自是不肯，百般阻挠，沉寂一年。她说要考会计，骗了学费跑去厦门。三年，没有给家里来过一封信，也没有人去那儿找她，只当跟台湾佬跑了，不回来了。她在厦门打工，洗盘子、卖衣服、去夜总会当服务生……20世纪90年代，广、深一带净是打工仔、外来妹，文青不过是其中之一。

故事里的故事，故事里的人。世界这么大，千千万万何其多。从厦门到深圳，从深圳到广州，后来偷渡去了香港；怀过孩子，做过人流，心变得越来越麻木，也越来越冷。和家里断绝关系，她却托人把打工赚的钱汇到家里，父母的医药费、妹妹的学费以及当年的跑路费，一笔一笔还清。还是不够，因始终愧对，且认为只有这种方式，才感觉到家的存在。

文青有一个青梅竹马的高中同学，一直喜欢她。那人等了她几年，娶妻生子。多少年来，始终对她念念不忘。三十二岁，离婚的文青带着孩子回来。十几年辛辛苦苦赚的钱被前夫骗光，孩子扔给她，文青心灰意冷，连自杀的想法都有。

三十二岁的文青已经不再年轻，生活逼迫她要么重操旧业，要么回老家发展。她选择后者，时隔十二年，带着六岁的孩子回到阔别已久的家。父亲于前年去世，妹妹大学毕业，在外地工作，家中只剩年迈体衰的母亲。那个对她念念不忘的同学，在她最困难的时候接济她，为她的孩子找学校、落实户口。

小镇人多口杂，文青的归来被好事者大肆渲染，流言蜚语，不堪入耳。文青性格要强，却为了母亲和孩子忍耐下来。高中同学的妻子找上门，对她辱骂殴打。文青为证清白，骂不还口，打不还手。那个高中同学尽管恋慕她，但没有站出来说一句袒护的话。毕竟，谁也不会傻到把自己推到风口浪尖，为着一个得不到的人伤害亲人。

文青还是走了。孩子由妹妹抚养，只身外出闯荡。北京、上海、深圳，天大地大，总有她的栖身之地。生命中爱的第一个男人，抛弃了她。后来遇到的那些人，要么贪恋美色，要么企图钱财。而那个真正把她放在心上的，十二年的恋慕也不过是一场花非花的泡影。

只是当时已惘然。是了，多少情深终成惘然。路是自己走的，那些抛弃她、欺骗她、伤害她的人，固然有错，错也不全在他们。文青说她命不好，不怪他们。她不后悔当初为爱私奔，亦不后悔这些年为爱背的债。

"我一生的爱情只有那一次，你也许觉得不值，可如果没有那一次，我早就死在了那年的大海里。那个人，我不恨，只当他已不在人世。在等我的那一年，夜夜煎熬，每天坐在海边，从日出到黄昏，从夜幕到黎明，直到被海浪卷走不见。"

若真是这样，我会为她的一生感到些许释然。真相是什么，没有人知道。也许她已知，选择不告诉我们。那个人的命运，好与坏，已然与这个故事无关。他不过是开了头，就像那句话说的，我们猜到开头，却永远猜不到结局。

四十岁的文青，依旧一个人。她已经没有爱情，也不再相信爱情。她老了，人未老心却老。过去已冷，余生未热。漫长的岁月里，唯有守着自身，才像是把过去所有的残缺都找回，一针一线缝起来，失路成终。

春逝，花已落。

谢谢那个人，让我知道了什么是爱情。谢谢那些年，让我为爱失去了一切。

多少句我爱你，最后变成爱过你　　佚名

　　遇到不顺心的事，往后倒退，再往前走。遇到不对的人，转个身，再从原地出发。

　　有人问我，失恋时谁比较吃亏。当然是女孩子，不但付了心，也付了身。男女的平衡点只在感情方面，失了心还有人给，失了身呢，没有人再给一个完璧之身。女孩子大方地说，没关系，医术这么发达，如果他介意，就去做手术。又或者，贪一时之欢，觉得这个世界男女平等，用失身换一次所谓爱的体验，没什么不可。

　　其实在心里，为负你的人失身最不值得。

　　回归情欲这个话题，觉得情欲始终是孤独的。只关情欲就不能证明是纯粹的爱。男人和女人做爱，男人是为满足自我，女人也是为满足自我吗？有这种想法的女人只是少数，在这少数当中，她们也有底线。把身体交给所爱之人，是希望得到他们的珍惜和承诺，我已把自己完全交给你，你也该是完全属于我的。它意味

着，这个男人不会再与除她之外的女人发生关系，永远做她的保护伞和港湾。

情欲太美，只有一刻值得珍惜。真正的信仰，是要把它看作平常，亦无贪求。

太多太多男人以身体试探你的心意，表达他对你的欲望。无论这个与他发生关系的人是他爱的，或是不爱的。如果你推拒，他会觉得你矫情或者心中有鬼。你的顾虑是，这个对我提出要求的男人是否真的爱我，他会对我一辈子负责吗？他的顾虑是，会不会让你怀孕，以及这是不是你的第一次。

无论你是否经历，不管你是十六岁还是三十岁，都不要把身体轻易交给一个男人，即使你非常爱他。爱是会变的，有可靠根基的关系尚且破裂，何况只是一句空口之言、一次不足五分钟的见面。

我知道你担心的，亦了解你想要的。你爱他，用身体证明，以为从此就可血肉相连，一身一心。后悔吗？没有人能在被弃之后说不悔。

"多少句我爱你，最后变成爱过你。"

无论身心，失去只能证明爱过你，而非我爱你。你以为爱你的人不在乎你的身体是否为他保留最初的贞洁吗？再花心的男人，感情上都有洁癖。无论有过多少女人，他爱你，便希望是你的第一与唯一。他将以此判定，你，是可与他一生一世，还是只一朝一夕。

那个被我拒绝过的男孩子，多年之后对人说，当初我追她，只是觉得她冷淡，不轻易让人靠近。我只是想要了解她的内心世界。他忘记当时写过多少封情书，打过多少次电话，等过多少个夜晚……他就算记得，也不愿意承认了。

旧日喜欢沦为今日谈资，往事只能哀而不伤。无论我们经历多少次情，都要保持起码的心灵的洁净。那个伤害过你的人，你只能恨他一个，而不能把这种受伤的情绪转移到另一个爱你的人身上，成为对这个世界怨愤与责难的借口。

要相信自己，让你交付身心的人一定是爱你的，愿意担负你一生。那些所谓的好感、喜欢、追求，甚或爱，要辨别它的真假。有些人出于征服心，有些人为了证明自己的魅力，有些人只是好面子，和别人打一个赌而已。

证明爱的方式，唯有时间。时间会过滤掉感情中的渣滓，解决信与不信的疑惑。爱过的人，要记得。给过的情，要承认。对那些曾经喜欢自己、向自己告白的人说谢谢，记得他们的真诚与付出。十年、二十年、三十年的人生岁月里，他们给过温暖，给过爱意，孤独的时候陪伴，失落的时候鼓励，哭泣的时候拥抱，微笑的时候追随。

"那个第一次向我表白的人，谢谢你让我知道了人生的第一次被爱。"

你还在徘徊，犹未知道已经失去　　　佚名

那句话是，最凄凉弄人的不是你知道失去所爱的那一刻，而是你还在徘徊，犹未知道已经失去。

看过一部剧，大意是说一对初恋情人，男孩子退伍回来，发现自己所爱的女孩子和别人在一起。他始终放不下她，去她工作的地方打工，默默守护。女孩子被同居男友虐待，当陪酒女郎还债。他为了帮她，向爱慕他的富家女借钱，被迫成为对方的男友。

已经没有立场再为她做什么，只能远远地站在一边，把爱藏在心里。被同居男友抛弃，他成为她的最后依靠。唯一一次抓住爱的机会，是答应带她远走高飞。但他失信了，她等了一夜，受不了被再次欺骗，最终离开了他。

她要和别人结婚，倾盆大雨中，他哭着祈求她的原谅。对她说，现在如果不抓住，就再也没有可能……我总是晚一步来到你的身边，所以没有好好抓住你。但这次我不想让你就这么走了，我知

道对我来说，这是最后一次机会。是的，我可能一生都很贫穷，不像他能让你坐好车，带你去高级餐厅吃最贵的东西，也不能把餐厅租下来，给你一个终生难忘的求婚……很多事，我都不能为你去做，可是我爱你。在这有限的时间里，我愿意用我的生命来爱你。

她还是拒绝了他。对他说，（我）已经不再有爱情，谢谢你让我有这样的觉悟。一次错过，终生错过。他看着穿上婚纱的她，向另一个人走去。

再珍贵的爱，因得不到承认而显得低廉。失去尊严，失去自我，把心掏出来爱一个人。有时候真的很羡慕那些演员，他们可以经历许多种爱，不同的场景、不同的对象、不同的因缘际会……无论是喜是悲，都令人觉得美好深刻。

演出来和写出来的，终算不得真。我们看它的悲喜得失，置身现实，却不能由得失来定论。一场爱情的失去，一个爱人的背离，都不能决定人生就是失败无用。只要不把自己封闭起来，就会结识很多人，他们会带来种种意想不到的喜悦与轻松。

怕的是，明明失去，还在纠结不放。把自己的人生困在一张网中，拒绝任何人的示好，把本应属于自己的姻缘白白丢掉。我们一生不会爱很多人，也不会只爱一个人。有个人让你明白爱情的滋味，有个人让你明白生活的滋味。两者更倾向于谁，其实无从比较。

你会先爱上那个让你疼的，再爱上那个让你笑的。如果这两个是同一个人，说明你很幸福。若不是同一个，同样幸福。这就是爱情的定义。

"世界真的很小，好像一转身就不知道会遇见谁；世界真的很大，好像一转身就不知道谁会消失。"所以，要惜缘。让你丢了魂的人走了，证明他不是你的缘。你抓一次，他消失一次；抓两次，消失两次。这样的缘注定与你无果。你不可能等他至死，他也不可能因为你的痴心就回心转意。如果苦苦纠缠，反倒让他有了更想逃脱的心思。

我们想要爱一直存在，这种需要永远不会满足。终有一天爱意会散去，那个你曾经深爱的人过得很好，唯一让他安心的方法是，自己也要过得好。

三十岁的珍遇到生命中的第一个男人，把处子之身给了他。三天后，这个男人和她断绝联系。短信不回，电话不接。她去他工作的地方找他，他却避而不见。她给他买衣服、香水、鞋，为他做饭，到他在的门店消费……用这些行动企图挽回他的心。

"他对我说,之前交过的女友都是非富即贵,工作体面收入很高。她们给他买奢侈品,载他去高档会所,前女友甚至还想给他买车。跟她们比,我是最无用的。难怪他要跑。"

一开始他的动机就不纯,店主与客户的关系,无非是利用她提高工作业务。珍原本是一个精明强势的女人,被他的几句甜言蜜语蒙骗,心甘情愿受他驱使。所有人都看得分明,唯有她深信那个男人值得赔上所有。一次次为他刷卡,为他美容,为他洗衣做饭。她说,我要努力变成有钱人,把他买下来。

爱的关系,一开始不对等就意味着永远不对等,总是一方强势、另一方弱势。抛却谁爱谁更多的因素,来自人的私欲。珍认为的爱其实不算爱,至少对方不当一回事。她不过是他众多猎物中的一个,愿者上钩,十分残酷。

物质世界,男女关系都变得非常工于心计,不是在恋爱,而是在算计爱。你有钱,我会为你的钱爱上你。你漂亮,我爱上你的漂亮。年轻,家世好,有房,有车……这些都是"爱"一个人的重要标准。以至于越来越多的人变得自卑茫然,觉得真爱难寻。

王子和灰姑娘的童话在现实中非常稀少。一个人说喜欢,会不由自主地想,他看上我什么。如果我很平凡,他的动机是什么。

偏偏忘了——没有美貌，还有智慧；没有物质，还有真心；没有家
世，还有善良。一个真正爱你的人，一定看重的是这些独属于你的
内在。

所有的爱恨都有因有果，那些被抛弃、欺骗、玩弄的人，除了
对方的原因，是否还因着本身存在私欲和侥幸心理。如果你是用非
常自私的标准筛选对方，对方也会用同样的标准选择你。如果你看
重的是一个能带来安稳生活而非虚荣心的人，你的求爱之路一定不
会太坎坷。

致我们终将逝去的青春

电影《致我们终将逝去的青春》

青春，始终是我们心中最珍贵的字眼。如果一段情逝去，会难过几个月；如果青春逝去，余生都在介怀。谁的青春不美丽呢，谁的青春不伤痛？回头看，那时候的自己最美，也最纯真。

一直想写一本关于青春的书，记录每个人对青春的感受。上至八十岁的老人，下至十几岁的少年，每个人的青春是怎样的。《蓝色青春》里，男孩子拍一次手，身体后仰一次，矫健的身体在灰色天空中划过一道弧线，那就是青春。

年轻意味着丰足，意味着可以做一些不计后果的事。我们称之为叛逆、冲动、无畏、放肆、骄傲、轻纵……当汗水肆意挥洒，泪水汹涌流出，那就是我们的青春年代，最真实生动的写照。有一天，你会长大，也会老去，那时候的你会和青春期的孩子聊起过去，聊起学生时代的初恋吗……你还会拿出泛黄的老照片，抚摸六十年前自己的微笑吗？

走过青春就意味着成熟，并非如此。如果没有谈一次恋爱，没有经历一次远行，没有独立地生活一段时间，人生其实还没有出发。正如，并非时间越久就越长情，付出越多得到就越多，年龄的增加、皮肤的皱纹都不能说明你是一个过尽千帆的人。

准备好随时出发的心态，历程很重要。也许一次失恋就能长大，一场迷途足可醒悟，前提是，失恋和迷途是否带你走出困境，而非再次迷失。人要从消极的情绪中走出来，这个过程就是你突破自我成长的过程。

青春即失败、失去，因那时的我们很脆弱，无论情感还是意志，都处于被保护和需要保护的状态。总是不能被满足，内心某种缺失，渴望很多很多的爱，喜欢美好单纯的东西，想要摆脱一成不变的格局。刺激的、新奇的、热烈的、梦幻的，只要有距离感的事物，就能萌发激素的冲动。结果是，把自己逼到没有退路，除了教训和伤口，一无所有。

每一个成熟的人都是从不成熟走来的。成熟的状态是接收、承受，内核是满的，把内在满满的能量向外释放、传递。成熟必然昭示着不再年轻，同样不能看表面。年龄只能说明来到这个世界有多久。他有一张年轻的面孔，十几岁就出来打工，摸爬滚打几年，走到二十岁。他二十岁的状态和学生的状态是不一样的。他已经了解了成人规则，无论想法、处世还是适应性，都是老到的。

有人问我，如果让你选择，你会永远留在什么时候。多数人会选择青春，我也不例外。现在却不这么想，我的青春伤太多，欢笑太少，又为何要永远地不快乐下去。如果有个人愿意给我爱，我的笑与泪他都能感知相随，情愿舍弃年华选择与他一起。他来得早，这个时间就早；来得晚，时间便晚。

所谓青春，就是和你爱的人在一起。

没有人会一帆风顺地走到今天，没有人。哪怕是一个再平凡不过的人，他的背后也一定会有一把辛酸泪。那些你看到的笑容、听到的掌声，荣誉、财富、地位、声名，如此种种，不过是你对成功虚荣渴望的幻象。他们的付出比所得多得多，得到的是以无比高昂的代价去交换。如果得到意味着某种深沉的失去，那些虚幻的光环就是不必要的。

所以，人应当安于平凡简单的生活。每天围绕着柴米油盐，虽然清苦但很知足。你简单，生活便对你简单。只需要一个小小的交际圈，每个周末，三五好友小聚，谈天喝茶、吃饭打牌。人生就这样平淡至尽头，孩子长大、双亲老去，身畔的爱人长出白发，还可以微笑着牵他的手去散步。

时光是不可重返的，往事快乐多少、曲折多少，再回首都已归于平常。当初的经历，现在而言真的只是一次经历。当初希望快点过去，后来才知消失得太早，但已不能回去。

想对你说，过往无论怎样，愿你别介怀。

三张合照，分别是十六岁、二十六岁、三十六岁的模样。每隔十年拍一次，纪念三十年如一的爱情。十六岁时，他们是同学也是恋人；二十六岁时，他们是朋友也是夫妻；三十六岁时，他们是伴侣也是家人。

如果一生，只和那个早早相遇的人相恋，然后嫁给他，为他生儿育女，白头偕老。多么美好。人生是没有如果的，多数的我们遇不到这样的人，或者遇到了没有相爱，相爱了没有坚持。以至于，在对的时间错过，在对的地方消失……那个明明就是的人，成了最美年华里模糊远去的背影。

天地之远，人命不同。我们的幸福，是我们手中的一株忘忧草，在各自的田园上辛劳种植。也许有收获，也许一无所有。失去的找不回来，残破的无法完全。时间会一寸寸摘掉生命的光阴，把我们的身躯染成苍老的暮色。那些交付不了的深情厚爱、泛滥思念，若不忍流走，唯有自受。

致我们终将逝去的青春。

青春的逝去，只意味着一段路走完。这段路的终点正是下段路的起点，而下一段路，尚未出发。是的，我们会为表面的年华逝去伤悲，心的年华是否逝去，爱的力量是否丧失，却不能由此定论。要相信，青春不是一个人越走越窄，是要两个人越走越宽、越走越远。

走完一个人的道路，去寻找伴侣，续接下一段旅程。花月如此静美，山海如此壮观，为何驻足停留。爱你的人还没有出现，你爱的人还没有到来……请一直记得，青春固然逝去，却不会苍老。因为，爱不会苍老，灵魂永不老去。

5

一个人的境界

孤独是迷人的

孤 独 是 迷 人 的　　　[美]艾米莉·狄金森

　　每次外出旅行，看到别人成双成对牵手微笑，心中不免低落。
细想二十多年，其实始终一个人。小时候的玩伴一个一个离开，再
相见，那种亲昵的感觉渐渐淡了。同学聚会看到昔日恋人，想不
起来对他说什么。反而是那些原本不熟的，可以天南海北，无所
顾忌。

　　孤独，是一个人的自受。再亲密的人都不能与之分担。

　　选择写作这个职业，因为它能够让我清楚地意识到自身存在的
难题，孤独，并且一直孤独下去。把自己关在密闭的房间，拉上窗
帘，不知昼夜。除了吃饭，很少出来，一台电脑足以打发一个人的
所有时间。

　　静止的日子里，一些表面看起来有意义的事情都变得无聊，
听觉、嗅觉变得愈加灵敏。和很多人在一起的时候，会觉得非常疲
倦，意识是完全封闭的。人云亦云、随波逐流。他们讲的冷笑话、

某某人的八卦，我却没有一丝兴趣。我知道，我注定是一个与人群格格不入的孤独症患者。

单身的好处是，时刻保持清醒。学生时代有过一些幻想，爱情的、未来的。渴望邂逅一个金城武式的男人，为他生一个孩子；渴望去国外留学，成为一名舞台剧演员……万花筒般的美梦装点着当年的花样年华。结果，有多么深的期望就有多么深的失望。

慢慢地，不再有所期待。对人对事均保持平常心。素颜，不再为年华逝去、容貌凋零而操心。在觥筹交错的场合，对着镁光灯下光鲜靓丽的各色男女，只是远远看一眼，然后走掉。你永远只是平凡世界里的人，过着平平淡淡的日子。不要想着像他们那样，费尽心思、挤破脑袋闯入所谓的名流社会。

欧洲旅行的时候，发觉那里的人偏于冷淡。看见你，远远的一个微笑，不过分亲近。如果需要他们帮助，说明来意，他们会竭尽所能。除此之外，找不到有交集的地方。包括他们的电影，在处理感情上偏向冷静、克制。可你会发现，他们的爱非常深沉，温雅的外表下是一颗善意柔软的心。

恋爱能否治愈孤独？

孤独的人即使恋爱，最后也要面对一个人的困扰。恋人之间再如何靠近、相爱、试着解读，都无济于事。分手和回归是最好的说明。孤独是自身问题，这意味着，恋爱不是我们驱散孤独的根本途径。

一些人不恋爱、不结婚，遭到非议。说身体有隐疾，性取向不明，情史不堪……到最后，很多人忍受不了，随便找个人草草结婚。能坚持下来的，都是稀有动物。你是为自己生活，不是为别人。这个"别人"里也包括为你张罗婚事的亲人和朋友。他们其实不关心你与谁生活一辈子，而是担心你一个人过得太辛苦。想让他们安心的方式是，一个人也可以过得很好。

人生的一半是在坚持，另一半是在不断放弃。我们就在坚持与放弃之间挣扎、茫然、自暴自弃。若爱得潦草，意味着开始时就已经放弃。总是要坚持一阵子才认命，才知道怎样的生活是生活，怎样的爱情是爱情。孤独的人从来不迷茫，目标明确，意志坚定。他们的状态，决定他们的要求不低俗、不混乱、不浮夸、不表面。

更希望是一见钟情。等到三十岁，突然有一天，一个人走进自己的生活。他的存在不会打破原来的状态，平静中偶尔感觉惊艳。不需要那种强烈到死的欲望，淡如水、微如尘，偏偏不能缺少。像鱼不能没有大海，星不能没有天空，没有他就没有人生。

那些真正值得去爱的人，年龄一定不是障碍。意思是，他不会嫌弃你的年龄超过三十岁，你亦不会顾虑他有过多少次婚史。除了谁比谁爱得多一点，没有任何可计较置喙的地方。

美国女诗人艾米莉·狄金森一生未婚，只走出家门三次，过着与世隔绝、淡泊名利的生活。她说，孤独是迷人的。

"孤独不是负面的煎熬，而是一种迷人的正面力量。如果你厌弃红尘纷扰，自我幽闭于如诗人般的心灵深处，有花，有树，有月光。"

孤独是一种境界。一个人过得好不好，并不取决于状态，而取决于你在这个状态下的获得。热闹多事，寂寞徒然，你有一颗安于孤独的心，它便是一座与世隔绝的空中花园。它接收不到尘世的肮脏与丑陋、喧哗与落寞，它是轻盈的、饱满的、宁静的、自给自足的。最后，我们一定是回归自给自足，这是孤独给予我们的真实收获。从无到有，从有到无。我们是一个人来，也是一个人去，倘若不能习惯这种体内最根本的属性，生与死都会变成沉重的负担。

应该去旅行，去看书，去入睡，去沉思。远离嘈杂的环境，剔除身体中不干净的部分。对于人在恋爱之中不能解决的孤独困境，首先是缄默，然后是体会。肉身不能减轻，言语不能消除，所能做的唯有接受、吞噬，直至消融，把它看作平常。

　　孤独的状态纵使高处不胜寒，在于内心是否够强大、够坚定。它使我们重新认识自己，得到治愈。你是一个孤独的人，那么，你就是一个能沉入生活潜心修行的人。命运再如何颠簸动荡，心意沉着，力量充沛，并最终很好地掌控时间，得到内在的丰足。

　　"这世上内心最强大的人，就是那些能一个人孤独生活的人。"

我不是归人，是个过客　　郑愁予《错误》

我打江南走过，

那等在季节里的容颜如莲花的开落，

东风不来，三月的柳絮不飞，

你的心如小小的寂寞的城，

恰若青石的街道向晚。

跫音不响，

三月的春帷不揭，

你的心是小小的窗扉紧掩，

我嗒嗒的马蹄声是美丽的错误，

我不是归人，是个过客。

这首诗叫《错误》，很久之前就读过。那时候在学生间流传甚广，成为最经典的情诗之一。傍晚下起微雨，读这样一首诗，窗外开着饱满的花，雨水滴落发出沙沙的声响，内心有丰盛的情感快要流出。

雨中看花，恋的是那份意境。多少红尘旧事，空回首，雨纷纷。待云开雨停，是否依旧。

听说等一个人，如同等一个故事。闭上眼，听一曲歌，那些消逝了的感觉是否找寻回来，那些故人、旧情是否还在记忆里安好地放着？我是一个念旧的人，喜欢被时光搁置的物事，越古朴，就越觉得珍贵。收到的恩情，一直记着；不在了的人，一直念着。性情决定入世的面目，没有出尘的心，就这样静守原地，等谁的归来。

"一生渴望被人收藏好，妥善安放，细心保存，免我苦，免我惊，免我四下流离，免我无枝可依……"

读这样心生感怀的句子。我又何尝不是如此希望，一生被人收藏，妥帖安置，细心珍存。未曾恋爱的女子，心有海那么宽，她只想淹没一颗石子。恋爱后，这种心境更为强烈，想找到待自己很好很好的人，但如果不去接触，又如何知道他待你不好。一个伤害过你的人，返身回来，他会再伤害你一次吗？一切只是猜测，猜测不能让我们确定对方，也不能确定自己。

有些誓言虽然看上去惊心动魄，但本质还是归于世俗的平常。拥有一颗平常心，有细腻温存的情感，恋慕一个人，愿他一生安好。这就是我们小小的祈愿。吃清淡食物的人，本性中存在天真和怜悯；看花开花落的人，情感柔软芬芳。人间春色这样好，可共赏的人没有多少。不回头看究竟身后跟了谁，看身边的位置是否还空着。

等一个人，等一个故事。度一个世界，共一场约定。

"你我形同陌路，相遇也是恩泽一场。"是了，这个你眼中的陌生人，很可能即将成为站在你身边的人。生命即使散碎成灰，也有数不尽的无邪岁月。如我之言，有抵足缠绵朝夕与共，渴望与谁把酒言欢促膝长谈。

喜欢行走正是出于某种目的。不能在困守的空间读出对白，那就在广阔的天地中给自己留白。我在此，你停留；我未走，你快来。

有人问，你写的那些人，他们中有你的影子吗，你的过去是怎样的？透过我的心，去触摸一个人的心，我还是他、他们，都不重要。重要的是，你以及你想要的，经由我的引领，走进他们的时光，看清自身的模样。最终要确认的是，人海人潮中，你还是最初的你，一颗赤子之心，与温柔悲悯的情怀。

"我不是归人，只是个过客。"

　　曾经说好的不放手终于背弃，曾经允诺的长相守最后分离。时光轻如尘埃，我们皆是过客。即便如此，也要做最难忘的那一个。当你途经我的美丽，你会看到，一个人的卑微祈愿，不过是在等待谁的经过，顺手采撷，放入怀中，与之共路。蒲公英的种子开出白花，荒芜之中看见微小光芒，一刹那明亮。这就是我要给你的全部。

　　生命中最绚烂的回归，是我在路上，看见你驻足等待的身影。

如果爱情是一朵花，就让它开在我心里　　佚名

"如果爱情是一朵花，就让它开在我心里，败在我心里，深埋在我心里。"这是我听过的最动人的情话。

爱一个人，很容易爱到失去自己，失去向前走的力气。无论身心，皆被掏空。多数人知道，缺爱是很自我的感受，很少人懂得，即使爱着，也是非常自我的。他和你聊情史，说你让我有倾诉的欲望，拿你和诸位前任比较，得出结论，你是最特别的。不说爱，只说特别。好比到古玩市场挑玉，见到心仪的买回家，放在盒子里，想起就拿出来把玩，再放回去。

如果只想成为他的藏品，偶尔拿出来展览，有一天被永远放回去也不要觉得难过。

好的恋人，应该引领你，成为精神上的导师。除此之外，你们的关系就像合作伙伴，随时拆伙，一拍两散。除了曾经缠绵的肉体关系证明爱过的痕迹，但这种关系很快被新的伙伴接替，痕迹

消失。

分手之后做朋友的太少，不是仇敌便成陌路。我的个性是：即使很爱很爱一个人，也不会开口对他说。爱人是很累的，见好就收，余下看他是否有觉知。他若有情，一定知道我的心意，或主动或被动地，做出回应。

不要让他觉得可以玩弄你，想拿出来就拿出来，想放回去就放回去。物品尚且蒙灰，何况一个等待太久的人，不要让他的心蒙灰。

记忆里一次同行，我们去看海，在海边坐了一整晚。他看着我的侧脸，尝试伸出手，抚摸裸露在外的手臂，尚未触碰就收回。他说，你还小，再过几年，等你真正经历之后，就会明白我现在的心情。

爱是要经得起时间的。而那时的我只知道，爱是当下的发生，没有前因后果，不存在积累和后滞。它使我每天抱有期待，过后丢掉，再对下一个有期待。如果那时他说爱我，我是信的。哪怕过几年他娶了别人，我依旧相信。那一刻想要触碰的心情，就是爱的。

事实证明，爱要锤炼。人不可能一直保持天真，这种不经雕饰的状态纯美也短暂。几年之后，我终于明白他要说的。爱是想触摸又收回手，理解之后的放下，靠近之后的退去，转身闻到身体散发的气息。以后每一个风吹的日子，都能再次闻到。

每一天都是新的，可以重新上路，重新爱一个与过去无关的人。对感情有眷恋，未曾依附，心知爱之于生活始终若即若离。从未有过如此深刻的感触，特别想和谁在一起，离了谁寸步难行。倘若没有在踽踽独行中锻造爱的能力，何必奢望与谁同行……你会在途中，一次又一次地被掷下。

在南方，几乎每家每户都喜欢种植蔷薇。一簇一簇，开到院外。蔷薇好养，只要有土壤，气候温暖就能繁衍，开出的花朵清淡美丽，没有香味。即便无香，但它开得这样茂盛，怎不让人驻足。我们要的东西，有形质的、无形质的，一定要看到它的结果，是被握在手中还是踩在脚下。为何没有第三条路径——它自生自灭，只是远远看着，不去人为地占有或破坏。

爱得用尽，掏空、不留余地，未必就是极致。无言的美是最美，无言的爱是最爱。情如花，优美昌盛，根植土壤，终有一天长成大树，枝繁叶茂，结出果实。不需要那个人吃到果子，给他提供一片阴凉，也是爱。

爱的要义，是使我们成长、蜕变，而非凋落、消失。

一颗红豆能换一个世界，或许。看你手中的红豆是什么，一个人还是一段情。于我而言，红豆是拥有的能力，想要什么就是什么。要爱，它就能结出爱的种子。

回到家中，见到久别旧友，她已经结婚生子。她说，爱是不能言的，把自己交给他，传承他的血脉，难道不是爱吗？爱是大树，花朵凋零，落入尘泥，不要让人瞧见，不需要怜悯。只要来年还看到它开花的样子，那它就是永恒的。

"如果爱情是一朵花，就让它开在我心里，败在我心里，深埋在我心里……"然后，长成一棵葱郁茁壮的树，为依靠的人提供阴凉。

我爱你，与你无关　　［德］卡森卡·策茨

德国女诗人卡森卡·策茨写过一首诗，当中有句"我爱你，与你无关"一度被误认为歌德所作。她的恋爱史非常曲折，几次为爱自杀。后来总算嫁给意中人，对方接连出轨，最终不得不离婚。她说：如果我痛苦，也并非你之过；如果我因此死去，也与你无关。

爱你，给你生命所有的美好，然后退场。这是对爱最高的表达。

在我认识的人当中，没有人能做到。对爱的悟性不够，堕身情爱世俗。我对他好，他对我不好，我非要他对我好，他偏偏对我不好。说到男人是怎么回事，男人普遍存在共性，有的显露有的隐藏，有的伪装有的未知。这又决定了他们的不同，分裂到单独个体，特性成为诱导的假象。如同他也觉得你特别，过后乏味，不如开一瓶汽水打发时间。

互相都觉得在欺骗，很快就索然无味。

你要让他觉得你是一个真实的人，抛开爱，你是一个认真的人。他的轻浮在你这里不起作用。想和你玩笑的时候，不给他玩笑的机会，很快就觉得扫兴，重新审视你们之间的关系。想要他待你认真，前提是不逢场作戏，除了他的爱，不图任何东西。把时间用于一起做有意义的事情，让他感受到你是可以静下来冥想的。

抓住一个人的心，没有什么秘诀。以我心，换你心，很公平。

这些年，一直坚持独身，独身最大的收获是静心。无人无事烦忧，即使偶有，很快就能平复。做到常在随喜，简单自律。吃清淡食物，保持身体洁净。那些负面情绪一旦存在，即刻用运动与阅读消除。每天出门散步，摘一枝花回家，插在清水罐里一个人默默地欣赏。养龟，看它吃食、游水、沉入，接着浮出水面，仰头呼吸。

人在独处时，更容易审视自己的感情，观照内心状态，明确身处位置，我们要的与我们现在拥有的是否相符，是否有很大的落差。身边单身女子众多，有些人三十岁也不急。她们都有事情做，活得充实知足。没有爱人，没关系，工作就是爱人，兴趣也是爱人。

工作把时间填塞得很满，周末学陶艺和瑜伽。练字、素描、法语、插花……五花八门，丰富多彩。谢绝相亲节目、婚恋网站、交友派对。一致的看法是，感情上的隐私是最不容许暴露的，感情不能拿来当儿戏，作为宣泄与作秀的工具。她们是对感情认真的人，有的遭遇创伤，有的从未恋爱。独身让她们慎重对待，自我珍爱，过简单纯粹的生活。

怎样过都是过，日子一天天流走，消噬生命。有些人独身是因为不肯迁就，不肯让有限的年华用来浪费和受伤。有些人得过且过，认为与谁在一起都没有分别。没有哪种方式就是绝对的错与对，只要不负自己，不负岁月。不要老来抱怨，余生活在懊悔和怨恨当中。

我们其实不知道自己真正追寻什么，只是一直不停地往前走。永远有多远，是不能丈量的。感情事，身后事，也许死亡来临的那一刻才知道，什么是对，什么是错，什么是爱，什么是存在。而更多虚度的生，那些孤身荒废的日子，只是在迁就，在迁徙，在游荡，在逃亡。

如果拥有相爱的灵魂，物质妄想皆成为多余。撒哈拉的沙漠，地中海的孤岛，北极的晨光，南方的鸟群……它们都是见证。爱你，跟随你，只需一间盛载爱的房子，免我们流离，免我们被惊扰，免我们被海潮吞没……就这样日复一日，年复一年，相望至老。

清静微喜，随缘不贪。这是对爱的悟性。爱一个人不能爱到失去自己，把生命都交给他。你本身是独立的，你的爱也是独立的，它有你的人格，有你的灵魂在里面。不过是他身你心，他不在了，你的魂跟着去了。但你要好好活着，守望每一个与他相逢的岁月。

我爱你，与你无关，
即使是夜晚无尽的思念，
也只属于我自己，不会带到天明，
也许它只能存在于黑暗。

我爱你，与你无关，
就算我此刻站在你的身边，
依然闭着双眼，不想让你看见，
就让它只隐藏在风后面。

我爱你，与你无关，
为什么我不记得你的笑脸，
却无限地看见，你的心烦，
就在我到来的时候绽放。

我爱你，与你无关，
思念熬不到天明，

所以我选择睡去，

在梦中与你再一次相见。

我爱你，与你无关，

渴望藏不住眼光，

于是我躲开，

不要你看见我的心慌。

我爱你，与你无关，

它只属于我的心，

只要你能幸福，

我的悲伤你不要管。

深夜寂静，一个人读诗。我爱你，这是我一个人的事情。如果你不值得，何必让你知道。如果你值得，而你不爱我……我只好把对你的爱吞没，从有你的世界消失。

"若某日，我忘却一切世人、一切世事，你和关于你的所有，必是最后消失的。"

爱 的 最 高 境 界 是 经 得 起 平 淡 的 流 年

[英]莎士比亚

　　小曼去相亲，问我，怎样的人是可交的。在此之前，她已经相过三次亲，没有一次成功。我对她说，如果爱是可以相的，就不算爱。除非，你只是想找一个人做伴。她的恋爱史非常丰富，高中时代开始初恋，至今换了七八个男友。二十四岁，想找一个可结婚的，觉得相亲是最稳妥的途径。

　　很多像小曼这样的年轻姑娘，握着大把青春谈情说爱，撒了一张又一张网，等到适婚年龄，没有一张网捕到鱼。手中的青春不多了，于是孤注一掷，投给谁就是谁，这时候已经没有鱼对你的网感兴趣。

　　手中有牌的时候要赶紧出，王牌拖到最后反而失去了它的作用。意思是，觉得这个人好，彼此适合就定下来，而不是寻觅更好的，落得两头不着。

爱不是索取，但也不是浪费。对一个只见过两三次面的人索爱是不切实际的，他为何冒险把爱给你，他又怎么知道你不是欺骗。那些你曾耗费时间和感情真心恋过的人，倘若不是人为因素，又为什么不去把他找回来，只要还爱着，为什么不能？

很多人失恋，宁可错过真正爱的人，去和一个完全不了解的人凑对，这是因为他们缺乏勇气和坚持。一点小小的失误就能被他们渲染夸大，纠结退缩。但真正的幸福就是报复和忘记，找一个没有感觉的人共度余生吗？一定不是，所以一定会后悔。

昕薇十八岁结婚。父母因为反对她的恋爱，果断将她嫁人。七年过去，孩子到了上学的年纪，她对我说，很后悔那时听凭家里安排，嫁给不爱的人。还记得婚礼前夜，她挨着我睡，说很冷，没有一点睡意。我问她，他是你愿意嫁的吗？她咬牙说是，然后背身睡去。

怕冷的女子，心一定是凉的。倘若不是和爱的人结婚，又如何度过漫漫余生。二十五岁，她说要离婚。

很多时候，我们顺从安排，以为是向命运妥协，其实妥协的是自己。爱的意志不坚定，爱的心不深，才会放弃转而寻求其他的解决途径。后来发现这条路是死局，想转身走回原点，但原点根本不存在。

七年前盲目无知，七年后幡然醒悟。以为离婚之后就能重新开始吗？以为爱的人还在原地等待吗？……他的身边已经有别人，因是你先放弃了他。离婚无济于事，失去的不能挽回。七年光阴，生命最美的年华，这个结局必然要承受。也唯有承受，体会才更深。

好好爱一个人如同好好爱自己，学会爱一个人如同学会接受自己。不妨反过来想，婚姻是爱情的第二次选择，第一次教会如何爱自己，第二次教会如何接受自己。很多结局是我们当时选择的初衷，人生总要先学会一次爱，才能领悟什么是爱。

昕薇没有离婚，小曼也没有再相亲。她们当下要做的，是如何破解情爱对于自身的艰难。

拥有爱的能力，清楚爱的本质，不困于心，不畏将来。这是我对爱的践行。活在当下，享受当下的爱，大多时候清醒，偶尔迷醉。不计较失去，时刻准备出发。藏着底牌，知晓心中底线，随时都能出牌。前提是，这个让自己出牌的人是否布一场精心的局，让我情之所钟。

爱情是生命的盐，太多过咸，太少又偏淡。不多不少刚刚好。

最终，所有关于爱的一切都变成血浓于水的亲情。开始懂得深情的依恋，愿意找回丢失的亲情。这是最好的相处之道。平淡之中可对坐，平静之中可言谈。

年轻时情爱的难题，无非是爱与不爱。爱却不能在一起，不爱却能在一起。回首过往岁月，心惧爱意逝去，唯愿情意永存，离开是相聚的借口，相识是为了老了相认。时间磨平心上的利刃，抚摸身边人的手，看看他是谁。他是你来世想找到的那个人。

爱的最高境界，是经得起平淡的流年。老了还能说一声，原来你就在这里。

我 喜 欢 你 是 寂 静 的　　　[智利]巴勃罗·聂鲁达

"我喜欢你是寂静的,仿佛你消失了一般。"

在乌镇的小酒吧和人聊天。对方喜欢聂鲁达,对我说,你要读他的诗。做人做事都要诗性。给儿时同伴寄明信片,写下这首《我喜欢你是寂静的》。她刚刚在广州买了房,在一家设计院工作,每天加班至深夜。对我说,我的心已经老了,可我还没有恋爱。

她比我大一岁,没有谈过恋爱。一直很优秀,也很上进,觉得女孩子要有属于自己的房子,房子就是安全的巢穴。每个月三分之二的工资用来还贷,一个人居住打扫,做饭购物。为了加班费,常常在单位打地铺,生活圈子非常狭小。毕业后的几年,辗转迁徙,好不容易安定下来,开始考虑自身问题,发觉没有合适的恋爱人选。

"每天上班下班,生活里全是工作,难得休假又不想出门。交际圈就在办公室,日日照面没有感觉……要么就是已婚,要么比我还小。"

《一代宗师》里有句台词：见自己，见天地，见众生。要先打开自己，才能看见天地。单身的人是一朵收拢的花，孤独地在路上不被欣赏。如果你一直是收着的，那么围绕你的一切都是收着的，别人无从了解，更无法融入你的世界。你要让他有机会走进来，面对面，才存在是否延续的可能。

生活中不存在不请自来，你站在原地，他看见也只是远远地看着，不会走到面前说喜欢。但你可以主动邀请他，一句大方的开场白就能打破重重顾虑和障碍。我们所纠结的是那个"他"不存在，把目标设定太远，从未考虑身边的人。很多爱情片都讲述这样一个事实，往往最容易被忽略的就是身边人，而最关心你的也是身边人。

"生命必须有裂缝，阳光才照得进来。"

想起这句话。爱情总有缺陷，我们从不完美中寻求完美。寻求的过程即通往美的过程，内心由此得到升华与净化，你所感悟的爱情是虚幻的，但吸收的能量是真实的。拥有爱情最大的收获是一份好心情，我们常常感到疲惫、慵懒、枯燥、乏味，让阳光进来，温暖滋润，让灰暗的心得到照耀。

二十至三十岁的人生阶段，是内心不断扩充的阶段，生命的认知更加完整。我们会逐渐意识到，过去单纯的心思变得复杂，想要回归纯然已经不易。重心不只在表面，更渴望通过交流、相处、兴趣和环境来达到通向对方的目的。你要让自己住到他的心里面，而不只是肌肤之亲。

抱着"守爱"的心态，缺乏"行爱"的能力。这就是为何迟迟等不来爱，却发现与你年龄相仿的人一个一个结婚生子。

生命若没有内核，不过是一具行尸走肉。爱情同样需要内核。都说好好爱自己，可若是无人来爱，也许不会再爱自己。等待一段爱情，犹如花朵等待绽放、大雁等待南归，皆是心驰神往。你要调整心情，做好打开的准备。感情不是慰藉，但一定是能量，让自己变得饱满、丰厚，像一朵含苞待放的花，静静等待绽放。

都说爱情中的女人最美。等待爱情的女人，更美。

无论在什么年纪，都要让自己变成随时等待爱情的人，不只是期待。

"我喜欢你是寂静的。"

一个人的时候，不妨读一读聂鲁达的诗。它会净化你的心灵，丰润你的情感。喜欢的歌，静静地听；喜欢的诗，静静地读；喜欢的人，静静地想念。岁月如此安宁，良辰如此难得，美景即天涯，心静即归处。

对自己说，我会足够好，足够静，才会足够幸福。

我喜欢你是寂静的，仿佛你消失了一般。
你从远处聆听我，我的声音却无法触及你。
好像你的眼睛已经离我远去，
如同一个吻，封缄了你的嘴唇。

如同所有的事物充满了我的灵魂，
你从所有的事物中浮现，充满了我的灵魂。
你像我的灵魂，一只梦的蝴蝶，
你就是忧郁这两个字。

我喜欢你是寂静的，好像你已远去。
你听起来像在悲叹，一只如鸽悲鸣的蝴蝶。
你从远处听见我，我的声音无法触及你。
让我在你的沉默中安静无声。

让我在你的沉默中，与你对话，

你的沉默简洁如一盏灯，单纯如指环。

你就像黑夜，拥有寂静与群星。

你的沉默是星星的沉默，遥远而明亮。

我喜欢你是寂静的，仿佛你消失了一般。

遥远且哀伤，仿佛你已经死了。

彼时，一个字，一个微笑，已经足够。

而我会觉得幸福，因那不是真的。

6

一个人的约定

这个世界上有一个人会永远等着你

这个世界上有一个人会永远等着你　　电影《半生缘》

　　安妮告诉我，心情抑郁的时候想和朋友聊天，互相倾诉、抱怨，把委屈和难过通通发泄出来。但要记得和自己也和对方说，没关系，一切会好起来。她刚过完三十岁生日，说，还庆幸依然在最美的年纪。

　　像安妮这样的女人，是令人喜欢的。反感一个正当年华的女孩子说自己老，人生还那么长，许多该经历的事尚未经历，一些该遇见的人还未遇见，故事没有发生，远行没有起程……说自己老，是给停滞不前找借口，主动放弃邀请幸福的机会，它又如何肯来。

　　人不会老去，只有凋谢。即使凋谢入尘埃，也有滋润土壤的资本。

　　常常为一些女孩子感到惋惜。或是一场失恋就放弃自己，或是尚未前进就退缩，或是空想抱怨心怀嫉妒。心有多美，梦就有多美。既有梦的预感，为何不信它能成真。你爱的那个人、你翘首以盼的那个人，正不负约定为你而来。

做任何事都要力量，生活不易，需要有力气地活着。尤其是女孩子，要有资本、有信念地活着，这两点就是她们的力量。我们总是觉得自己缺少太多，喜欢和人比较，怀揣羡慕、嫉妒、恨的情绪，看到优秀的人习惯地揭发他们的短处，看到春风得意的人又去揭他们的伤疤。你看到别人的痛，是因为你的心中存在着痛。想要释怀并快乐，先放过自己，也放过别人。

心有善意，路便有远方。

夜晚下起细雨，一个人出去跑步。相信跑步能带来力量。学会与自然界独处，感觉窒闷的时候它就是开阔的海、敞亮的星空。我要坚定地活在自己的世界，但，也要与人为善，与外面的世界和平共处。当你觉得生活还有平静的乐趣，哪怕只是为一棵树发芽而感到惊喜，便不会堕身黑暗的泥淖，也就不觉得自己是一个飞在老去的人。

很久之后回一次家，有时只住三五天，有时两至三个月。最长的一次是六个月，待在家里，无所事事。每天跟着父亲出门跑步，他说自己在迅速老去，要抓住有限的时间感受身体变化的速度，要给它能量。喝茶代替喝酒，早睡早起，关注新闻，遛狗，栽种植物，做家务。这些在他四十几岁时还觉得不屑，那时，他认为男人要做一番大事业才对得起自己。

人因为仰望太高，感觉不到身体的失重。平凡的愿望很容易实现，那些与己身不符的所谓的野心目标，好比一个摸不着底的无底洞，置身当中，只有沉坠与丧失。有些人非要攀登到一定的高度，有些人庸庸碌碌过一生。每个人都会感到身体的变化，它折射出内心的变化。随着年龄的增长，不服输的人要服输，不认命的人要认命。希望落空并非一条死路，而是要你停下来，积蓄能量，重新认清要走的方向。

炊烟浮生，这就是我们目及的全部。它有不公，有庸俗，有疼痛，有失望。你能为它忍耐多久，又能为它奉献多久。身体的痛告诉你，你要对它好，它才会对你好；心的累告诉你，你要让它休息，它才能回报给你时间。

"我要你知道，在这个世界上总有一个人是等着你的。不管在什么时候，不管在什么地方，反正你知道，总有这么个人。"

这个世界到底有没有人等着你，在于你是否相信。相信，就有奇迹发生。至于是否愿意等待，又能等待多长时间，一定不要太短，但也无须太长。所谓爱要在对的时间，给自己一个期限。超过这个期限，就要走起来，边走边看，美丽中总会遇见意外。

深夜听雨，明天会有花开吗？如同先听一场细雨，再等待一次花开。如果他是值得的，那么等待就是值得的。

蓦然回首，那人却在，灯火阑珊处

辛 弃 疾《青玉案·元夕》

民国学者王国维说人生有三境。"昨夜西风凋碧树，独上高楼，望尽天涯路"为第一境；"衣带渐宽终不悔，为伊消得人憔悴"为第二境；"众里寻他千百度，蓦然回首，那人却在，灯火阑珊处"为第三境。

如若将"人生三境"比作情之三境，也未尝不可。最高境界是："众里寻他千百度，蓦然回首，那人却在，灯火阑珊处"。

读词，品性，悟情。一句话、一首词传递出的能量，我们是否接收到，并转化成内在的雨滴。这值得思考。诚然，阅读也是一种感官享受，从阅读中收获美感，心的愉悦和清净比什么都重要。

曾几何时，向往烟波雾霭、渔舟唱晚的生活，只一间小屋，养鱼种树，看春花秋月，想起一幕幕往事会心一笑。每天去山里采摘，到河边闲坐，那样的生活简单快乐。置身都市更渴望重返童年，回到小时候奔跑的原野。绿油油的麦田，大片金黄的油菜花，熟透了的桃子，池塘里的青蛙……这些是我儿时的记忆。以至于无论在何时，无论在何地，都难以忘记。

越渴慕什么，对它的记忆就越深。想起小时候喜欢吃坚果，但不一定随时可以吃到，只是远远地看着。长大后，有了想买就买的能力，每次去超市，习惯性地跑到货架边看一眼，但再也没有拿起来的念头。你往往想要的东西，到最后变成不想要的；你往往喜欢的人，到最后觉得是最该放下的。

身处茫茫人海，漫无目的地跟着人潮走，此时如果转身，每一张迎面的脸都是陌生的。试图从他们的神情中捕捉到一丝熟悉的暖意，结果多半是失望。而我选择一个人低头走路，不回头看。想起一部电影里的一个镜头，年轻女子冲入等待上车的人群，一个一个地看，一个一个地寻找。火车开动之际，试图跳上去，巨大的冲力将她推倒在地。她绝望地爬起来，跟着火车奔跑，就在这时，一个人的手抓住了她。

追寻的过程中，从未回过头，不知千辛万苦追赶的爱人在身后默默地跟着。人生不应该留下遗憾，以为的巧合，偏偏是注定的不巧合。也许到老了，返璞归真就变成藏在心里永不能实现的愿望。我选择在年轻的时候，把它说出来。

"蓦然回首，那人却在，灯火阑珊处。"

《大明宫词》里，宝马香车路，烟花绽放时，十四岁的少女寻找她的韦姐姐。迎面走来一个人，戴着狰狞的昆仑奴面具。心念涌动，顺手揭开，难忘初见时惊艳的容颜。所谓一见钟情，大抵就是这个意思。缥缈远声，朦胧远景，我们有时爱一个人是爱当时的心境，难忘一个人也是难忘那时的心境。长情能长多久，那些即将落幕的繁华中能否开出一朵地老天荒的花，不得而知。唯一知晓的是，此情此境，镌刻永生。

潮起潮落，人来人往。脉脉此情，风吹声动。众里寻他千百度，爱是回首深处的蓦然，是灯火尽头的阑珊。

容易的是面对，难的是回头。都说回头是岸，可那个"岸"在哪里。它是心中的坐标，一横一竖，决定了此生背道而驰的两个方向。有时候，你只看到海岸线，却未必能看到岸。我们在对爱情的判断上，要么往前走，要么低着头，鲜少回头。这是出于过来人的心理，走过的路不要再回首，那根本是忧伤的徒劳。却不知，因为走得匆忙，忽略了最重要的风景。

一直寻找的人就在身后，却没有看到。或者是隐藏得够好，等待他的发现；或者是悄悄跟随，留意他的举动；或者是因缘巧合，在该出现的时候出现……无论哪种可能,这个过程便是爱的过程。当迷人眼的乱花近在眼前,华丽的人群中,转身再次相见。

因为有人,才有了人间。因为有人间,才有了我眼中你的模样。每个意念都是一场祈祷,刹那烟云,芳华所终。

一生要有一次"众里寻他千百度",才能深悟蓦然回首的惊艳、灯火阑珊的悠远。

月 亮 代 表 我 的 心　　　邓丽君《月亮代表我的心》

　　每当抬起头看月亮，不禁在想，它能否代表我的心。

　　月亮是有灵性的。圆与缺的变化，色泽的幽暗与明亮，遵照某种规律，时而出其不意。若不静心观看，很难发现它的暗涌。人们说，月亮要依存太阳，它本身没有光，是太阳给了光。日月彼此独立，又互为关联，一个是白日之子，一个是暗夜之神。

　　童年的记忆还在，神话故事里的玉兔和桂树，还有美丽的仙子嫦娥。后来知道，嫦娥是不存在的，自然也没有玉兔与桂树。事实上，月亮是冰冷的，那些柔情旖旎的传说不过是世人的一厢情愿，给予情感和精神的寄托。举杯邀明月，床前明月光，它是否就把思念传递千里，那束光是否就能温暖人心？

　　我们所感悟到的东西，大多来自虚幻。因为不存在，所以显得万分美好。如果只被表象迷惑，而不洞穿它的真实，永远不能触摸到深渊。真相是什么，真相一定是冰冷残酷的，温暖美好只是对它的无声回应。但这个世界需要更多的温暖美好，去与之抗衡。

在网上看到一件奢侈品打折，很多人疯抢，引起网络故障。商场里每到打折季节或者新品上市，蜂拥的人潮能将门面推倒。贪便宜、跟风、投机取巧、盲目拜金，这些不良习性一直阻碍困扰着人的意志，而不自知，手中的钱其实可以买到更适合、更实用的东西。

真正适合的，无论在什么时候都能买到，不需要哄抢，也不需要彻夜排队。那些耗时间和心思的东西，多半不属于自己。好比感情，需要排队和争抢的，一般很低级。真正的感情会拣选对方的品性，只为一人存在。随心挑选，在一个不易被人察觉的位置发现，锁在高高的橱窗里，只等你拿下来，且让你有足够的资本拿下来。所以，我总是更喜欢被遗弃在角落的古旧物品。与热闹哄抢摆在展柜上的潮物相比，它的气质独一无二，注定只属于一人。

"人有悲欢离合，月有阴晴圆缺，此事古难全。"

世间的空性，在于无声胜有声。深夜独坐，看空中树影，捕捉飞虫的足迹，内心安逸沉静。也许这个世上没有人懂得你的心思，那又如何。看天上的月亮，只要它给予光，这个黑夜就不再孤单。

人有悲欢离合。每个人的幸福始终充满着缺陷，没有人感到绝对的幸福。痛苦也是相对的，任何物事都是相对的。也许因为某种缺失，人在面临幸福时会变得胆怯，抓住幸福其实比忍受痛苦更需要勇气。比起宏大的理想天国，更喜欢微小朴素的花园，缤纷零落，点缀着一年四季。让当下的心情得到愉悦要紧，让生活感受到落地的真实。

都说男人如太阳、女人如月亮。绝对的守护与相对的隔离，可以不时常相见，但一定互为彼此存在。月有阴晴圆缺，人世间的变幻莫测，犹如风中一片叶、海上一朵云，有时难免无奈。就让它随风消散，随波逐流。

喜欢一个人静静地听着怀旧歌曲。她唱："你问我爱你有多深，我爱你有几分。我的情也真，我的爱也真，月亮代表我的心。"歌声优美动听，即使后来再有人翻唱，也不及她的韵味。

这世界有太多声音，可以静静聆听，但不能被淹没。这世界有太多宴会，可以盛装出席，也要安于自处。觉得难过的时候，抬头看一看天上的月亮，看它浑圆皎洁还是细小隐约，看月影的变化，直至西沉。很快，黎明就要到来，那些消极不安的情绪便烟消云散。

纷纭世事，适逢其会，人生难免一场告别。每当告别时，看对方的身影走远，直到消失不见再转身。不是因为怕对方先看到自己的背影，而是因为，最难的就是转身落泪。

你的心是一轮小小的月亮。不能言说，足可自知。

愿得一心人，白首不相离　　卓文君《白头吟》

看《甄嬛传》，当中有一句："愿得一心人，白首不相离。"

卓文君随司马相如夜奔，传为一时佳话。家贫，生活难以为继，回到故乡寻找出路。有钱的父亲不肯接济，夫妻二人开一家酒馆，以卖酒为生。卓父觉得没面子，给他们一笔钱，从此过上幸福的生活。

这是一则童话故事，富家女与穷书生，告诉我们的是，爱情能战胜一切困难。

爱情确能战胜一切外在困难，内心的困难是否战胜，值得每个人思考。司马相如受汉武帝赏识，封了官，入居京城。夫妻远隔千里，久而久之，司马相如厌倦一个人的生活，起了纳妾心思。他给卓文君去信，"一二三四五六七八九十百千万"，只有十三个数字。聪明的卓文君读出丈夫的心思，"无亿"（"无忆"）。

　　患难与共、情深意笃的恩爱时光一去不复返，但见新人笑，不闻旧人哭。那个弹着《凤求凰》的有情郎早已消失不见，取而代之的是薄情寡义的负心汉。她以《怨郎诗》回复："一别之后，二地相思，只说是三四月，又谁知五六年。七弦琴无心弹，八行书无可传，九曲连环从中折断，十里长亭望眼欲穿。百思想，千系念，万般无奈把君怨。万语千言说不完，百无聊赖十倚栏。重九登高看孤雁，八月中秋月圆人不圆。七月半，烧香秉烛问苍天。六月伏天人人摇扇我心寒。五月石榴似火红，偏遭阵阵冷雨浇花端。四月枇杷未黄，我欲对镜心意乱。急匆匆，三月桃花随水转；飘零零，二月风筝线儿断。噫，郎呀郎，恨不得下一世，你为女来我做男。"

　　"恨不得下一世，你为女来我做男。"古来男子大抵相同，尽管时代在变，女性地位也在不断提升，但不得不承认，感情的世界女人仍处于弱势。任你千娇百媚、惊才绝艳，也不能永远留住男人的心。那些白头到老的夫妻是否总要经历挣扎、背叛、分手、后悔、复合、磨合、冷淡、忍耐、抚平……直至最终的看淡。

　　爱情是外壳，亲情是内芯。走到一起多数是因为爱情，走完一生却是出于亲情。习惯和信任，适应和依靠，接收和给予。十年的妻子有可能被十天的情人打败，但十天的情人永远不及十年的妻子珍贵。想和你生活，不只是恋爱。更多的人意识到这句话的含义。要恋爱，十七八岁牵牵手就可以。二十三十四十，还是早早签订互为一生，不背弃，不变心。

　　我相信爱情的力量，这世上到底有一心一意的人。但如果爱情需要守着、盼着、煎熬着、难受着，这样的爱情不如及早清醒。或是自己斩断，或是刺穿对方。细想，若没有那首《怨郎诗》，若只是沉默与哀怨，结局是什么。世人感叹《凤求凰》的痴情，看到开头的完美看不到结局的残酷。卓文君是聪明女子，知道如何挽回男人的心，一定不是用美貌和恩情，不是谩骂乞怜，是点醒。

　　皑如山上雪，皎若云间月。闻君有两意，故来相决绝。
　　今日斗酒会，明旦沟水头。躞蹀御沟上，沟水东西流。
　　凄凄复凄凄，嫁娶不须啼。愿得一心人，白首不相离。
　　竹竿何袅袅，鱼尾何簁簁。男儿重意气，何用钱刀为？

　　司马相如幡然醒悟，忆及当年情深，羞愧难当，断绝娶妾念头。后来，他遭汉武帝罢官贬斥，离开京城与妻子相伴到老。

　　"愿得一心人，白首不相离"是这世上最美也最难实现的愿望。十六岁的绿衣女子闭上双目、双手合十轻声念出，就真的实现了吗？有心的人没有机会，有机会的人变了心。当她亲手端上毒酒时，意味着此生再也不能实现。

都说人不由命、命不由天，也许是前生的债，今生来还。她欠了他，要以爱报答。若这一生没有还尽，没关系，还有来生。爱，有来生。

"以此心，换彼心，始知相忆深。"

我们渴求的"一心人"，一定是对自己好的人。努力让自己过得好，是对负心人的回击，更是对有心人的回报。他会希望，即使没有他，你也要过得让他安心。而你，或者说我们，无论困于多么难的境遇，都要站足姿态，逆风中开出寒梅的清香。

有人问我，年龄会是阻挡感情的障碍吗，怎样让自己老了还能被人一直爱着，还能彼此担负？最好的答案是，信任。让他一直信任你，离不开你。在他高兴的时候，可以不陪他微笑，但是失意的时候，一定要陪他忧伤。

世间最深的感情是——相爱时，定不负卿；相伴时，当不负卿。

陌上花开，可缓缓归矣 　　吴越王《陌上花》

吴越王的夫人戴妃是横溪郎碧村的农家姑娘，很早就离开故乡嫁给吴越王。戴妃非常孝顺，有着很深的乡愁情结。吴越王打下江山，她成为国母，每年春天都要回娘家住一段时间。吴越王爱重妻子，有感于她的孝举，每次戴妃回家都会写信给她。

临安去郎碧要翻一座山岭，一边是陡峭的山峰，一边是湍急的溪流。吴越王担心夫人坐轿舆不安全，行走也不方便，专门派人铺石修路，两旁加设栏杆。后来这座山岭便改名"栏杆岭"。有一年，戴妃回娘家，吴越王在杭州料理完政事，出门见凤凰山脚、西湖堤岸已是桃红柳绿，百花盛开，不禁思念起妻子。回到宫中，吴越王提笔写下一封书信："陌上花开，可缓缓归矣。"

阡陌花开，我可以慢慢等你回来。

有时爱也许只是一句话。难的是，没有人愿意说出来。看到一个采访，对象来自不同年龄与职业的社会群体，问道，平时会给爱人写情书或表白吗，多数人觉得不好意思，表示不会，也不在意。想起徐志摩，写诗、写信，字里行间洋溢着浓浓的爱意。沈从文对张兆和表白，一封封情深意绵的书信，告诉她有多么爱她……那个年代的人，好像不用笔写出来爱就会消失，不说出来对方就不知道，一定要留下证据。

我爱你。西方人理所当然地说出这三个字，对伴侣、对恋人、对孩子……如果夫妻之间不言爱，丈夫可能觉得妻子不爱他，继而提出离婚。过去一直觉得，爱不言，才有力。是这样吗？每次看电影，这简短轻微的三个字犹如催泪弹，看着、念着都会潸然泪下。

爱至深处，变成一种无言的力量。而有时候说出来，很短的一个字、三个字，就是一切。

常常为一些悲剧的结局感到惋惜，更多不是出于外因，是两个人太相爱或者不够相爱。不爱你的人，吝于说出口；太爱你的人，说出是多余。这导致因沉默而分离。说到底是不信任，爱要说出来，不说出来怎么知道，只会让误会越来越深，距离渐去渐远。

女人的纠结在于，她想听的男人永远不说。男人的厌烦在于，女人想听的不愿意说。于是让人觉得，女人爱男人更多。爱要说出口，但不说也不意味着不爱你。深爱你的人，他的行动代表他说的一切；不爱你的人，说再多也是枉然。你是要嘴上的欺骗，还是要深情的无言？

　　爱要不多不少才好。如同邂逅一个人，不能太早也不能太晚。他对你的爱是，每天睡前一句"晚安"，醒来一句"早上好"；他对你的爱是，出门前一个亲吻，回来后一个拥抱；他对你的爱是，散步牵着手，睡觉拥入怀；他对你的爱是，会给你放烟花，也会带你去旅行；他对你的爱是，人潮人海中一个微笑，夜深人静时一声"我爱你"。

　　平常中可见深情。最好的爱是，习惯成自然，融入每一天。

　　一个想与你生活的人，他会把你心中想的都想到，你做不到的都做到。这对他而言不是偶然，是自然。从前恋爱，自己不说，也不期待对方说。喜欢写信，表白与分手都用文字写出来，正式且认真。觉得这是给予对方的一种尊重，无论爱还是不爱，无论他是否接受，都要做到对他尊重，对自己的爱尊重。

　　恋爱时，一些亲密的举动、亲热的情话时时可见；结婚后，这些都会消失。慢慢地，你不再有所期待，直到把它的消失看作理所当然。如果他爱你，该说的话依然会说，原来能做的现在依然会做。这不是肉麻，也不是幼稚，而是用亲密感持续恋爱时的热度，保持对彼此的爱意与依恋。

曾想，只要心中有景，何处不是花香满径。爱如风景，何来花香。对于现在的我而言，喜欢一个人，会告诉他。依旧不习惯开口的方式，选择写在纸上。也许是一封只有一句话的书信，也许是一张背面留字的照片，但要把心意传递给他，让他知道。让他知道，我爱你……你也愿意爱我吗？

人间最美的事是：我在这里，而你未走。

这一生，是否等到一个人对自己说：陌上花开，可缓缓归矣。

一个人，一座城，一生心疼　　佚名

听人说，回忆是一座桥，却是通向寂寞的牢。

回忆是围城，围住了记忆，困住了深情。

一个读者给我来信，长久以来受抑郁症困扰，爱一个已经不在的人。说，有一天会追随他而去。就算全世界都忘记他，还有我。

对她的回复是：人是要有精神寄托的，有时候也真的很有缘分。比如一个作者、一个词人、一个歌者、一个演员。你可能因为某个眼神或者一段话爱上他。但在保留与他共处的那个世界的同时，要有自己独立的天地。我们可以躲起来为他哭，但也要独自走更广阔的路。

有人问我，年纪越长会不会越遗憾，许多想做的事没来得及去做，许多想见的人没来得及去见。我的回答是，没有遗憾。人生是被安排好的，不超前也不延后。学生时代是学习，青春期就去追星、恋爱，成年之后要面对工作、结婚。那些想做未来得及做的事、想恋未来得及恋的爱，是时间不对、机遇没来、条件有限、姻缘未到，无须质疑自己的能力和命运。你我所能做的唯有等，等这段糟心的日子过去。

时间是递增的能力，一定是越年长支配驾驭得越好。事在那里，今天不做，明天也要去做。人在那里，此时不见，彼时也一定相见。不必遗憾，错的永远会错过，对的永远在等着你。跟着岁月前行，相信最好的没有遇到，失去的都有补偿，用时间去和想要的交换。

与阿黎多年未见，在瑞士中转机场遇到。她去英国，我回国，不足一小时的见面。记得她还是一个留着童花头的胖姑娘，稚气地对我说，她叫红苹果。而现在，这个戴着墨镜、打扮摩登的年轻女孩子用一口纯正的伦敦腔对我说，她叫Fiona。二十五岁，她给我的感受是，如花美眷，也敌不过似水流年。

中学时代，她爱一个男孩子爱得死去活来，为他差点闹出人命。醉酒掉进河里，十七岁，她爸爸带了一支警队去找她。没过多久她就转学，我们失去了联系。我问她，你现在过得好吗？她说当然，我有了结婚对象，是个高个儿的利物浦男人，酷爱足球。世界杯我去了南非，我们俩就是在那儿认识的。那么，你爱他吗？爱，爱是什么？她反问我，难道你还相信爱？

　　她大概不记得或是不愿再想起那段不堪的经历，现在的她看起来自信强大、无坚不摧。她对我说，她交过不计其数的男友，多得连她自己都忘了。他们要么把她宠得像个公主，要么把她捧得像个女王，连她自己都不认识现在的自己。人不该贪婪，他对你好就够了，不要再向他索取爱。爱是个什么玩意儿，不能让你感觉快乐。你要的是物质的满足、精神的刺激，要的是快感、不空虚……有了这些，管它是不是爱。

　　索取一个人的爱，是否就是贪婪？把我的给你，你的给我，你若不给我，我能否求到？一定的索取是要的，但不能过分。每个人都想成为对方的孩子，他要，她就会给。很酷的情人是，你要我不会给你，在你不知道的时候，我会加倍地爱你。

　　"过程和结局都有，再去纠缠，连自己都觉得贪婪。"

　　喜欢这个人，因为他对你很好。爱这个人，即使他对你不好。人的界限是如此分明，一半理智一半糊涂。往往爱得最用力的时候，一定是最糊涂的时候，因为这时你会孤注一掷，飞蛾扑火。你只是一件祭品，供他来杀戮，牺牲了不要紧，还有置之死地而后生。而到最后，一定不是和爱的人在一起，是和那个喜欢的。你不会强求他爱你，亦如你不会再用力爱一次。

就是这样。不强求，也不再用力。

一个女孩子去印度修行，对我说，生命里要有一件事是让你义无反顾不用想的，否则，你的人生就是失败的。谈不上失不失败，有所得就一定会有所失，失去也许是另一种得到。看我们如何去理解。好比Fiona，她对爱的理解源于失去，得到的是一种葬送的意义，即，我再也不相信爱了，不如及时行乐，死在当下。

归根结底，是不知如何去爱人。爱错，也是一种不会爱的表现。我不想回去，至少现在。它对我来说就像一座围城，难保一进去，就再也出不来。Fiona说。

她一生最真实的爱情是在十七岁，那座城里。任凭她如何忘记和掩饰。想起那句："一生至少该有一次，为了某个人而忘了自己。不求有结果，不求同行，不求曾经拥有，甚至不求你爱我，只求在我最美的年华里，遇到你。"并非最美的年华时遇到那个人，而是遇到那个人的时候，才是一生最美的年华。

把爱写成兵临城下的不朽传奇，问问自己，此生有没有一个人、一座城，让你一生心疼。

7

一个人的信仰
爱是天时地利的迷信

爱 是 天 时 地 利 的 迷 信

刘若英《原来你也在这里》

写完一本书，收到一个女孩子的来信，你如何理解"爱是天时地利的迷信"。

字面的意思，在对的时间、对的地方，遇见对的人。衍生的意思，缘分。爱需要属于你的缘分。

两个人相恋七年，抵不过相识七天。这都是很可能的事，爱情长跑输给了闪婚。那个睡在身边十年的人，十天之后成了别人的丈夫；二十天之后，你成了别人的妻子。还有一种结果是，你爱的人与爱你的人都离你而去，在你身边是陪伴最久的，平淡朋友成为寻常夫妻。

不管你是否爱这个人，你要与他一起生活。生活是硬道理，要脚踏实地，不再胡思乱想。为何你与他会分手，为何他与她会结婚。因为在最好的时间错过求婚，点一点头的事，对别人只是一秒钟，对你却要三年五年甚至十年。没有人耗得起，所以，我不喜欢爱情长跑。

尽管不愿意承认，女孩子的年华短而珍贵。时间有限，身边能抓住的只有一个人。不能让他走掉，要快速确定他的心意，也确定自己的心意。给一个期限去验证，这个期限不能太漫长，一旦及格，就要转正。太多例子证明，时间越久，感情不是越坚固，而是越有风险。如果他迟迟不给你答复，以各种理由拖沓敷衍，这个人你可以考虑放弃。

十七八岁，给自己的期限只能到二十五岁，不能再多。二十五六岁，期限缩短至三年。意思是，年龄越长，与对方相磨的时间要越短。不能用年华陪他玩一场游戏、耗一场持久战，你输不起。不是在一起的时间越长，爱就越深。他如果爱你，一定不会让你等太久。收入、事业、房子、家庭、前任阴影……不能说明问题，只能说明他没有准备好。

要思虑的是，即便此时抓住，彼时能否留住。这是最难的问题。不需要那些表面的仪式、敷衍的承诺。你要让他觉得你是他的动力，而不是负累。要让他相信，你与他可共患难，也可共岁月。

把爱变成信仰，这非常艰难。但我们依旧要相信，真爱存在。

　　堂妹结婚，我去参加她的婚礼。结婚仪式上，新郎手捧一束鲜花，双眼含泪向她走去。我承认那一刻被感动、被触及，一丝喜悦、一丝伤怀。彼时我所想的是，这个人的生老病死将与她一生牵系，她有信心承担他的一切吗？

　　承担是最直接的爱。离开父亲，被他牵手，跟着他走，天涯路远，一生相随。也许是他的泪，也许是他身体的缺陷，觉得这份爱更有分量。

　　如果你常去一个地方，在那里常见到一个人。如果你们一见钟情，如果你们情投意合，如果你们转身再次相见……那么，就是他了。

　　她写道：这是真的。有个村庄的小康之家的女孩子，生得美，有许多人来做媒，但都没有说成。那年她不过十五六岁吧，在一个春天的晚上，她立在后门口，手扶着桃树。她记得她穿的是一件月白的衫子。对门住的年轻人，同她见过面，可是从来没有打过招呼，他走了过来。离得不远，站定了，轻轻地说了一声："噢，你也在这里吗？"她没有说什么，他也没有再说什么，站了一会儿，各自走开了。就这样完了。后来这女人被亲眷拐了，卖到他乡外县去做妾，又几次三番地被转卖，经过了无数的惊险的风波。老了的时候，她还记得从前那回事，常常说起，在那个春天的晚上，在后门口的桃树下，那个年轻人。

"于千万人之中遇见你所要遇见的人，于千万年之中，时间的无涯的荒野里，没有早一步，也没有晚一步，刚巧赶上了，那也没有别的话可说，唯有轻轻地问一声：'噢，你也在这里吗？'"

张爱玲的《爱》。

写下"爱是天时地利的迷信"，对你说："噢，原来你也在这里。"

就算生命像尘埃分不开，我们也许反而更相信爱

莫文蔚《忽然之间》

她对他说，你爱我吗？他说，爱。她说，你会一直爱着我吗？他说，我会一直爱着你。她又说，如何证明？有一天你会变心，会离我而去……如何证明你只爱我？他从厨房里拿出刀，扎入心窝，说，这就是我爱你的方式，把自己献给你。

怎样证明爱的方式？怎样说服我们相信爱？

法国电影《爱》，老了的安妮半身瘫痪，丈夫乔治悉心照顾她。她渐渐失去知觉，大小便失禁，语无伦次，有时喃喃自语，有时号啕大哭，像个无助的孩子。最常说的话是"妈妈"和"痛"。苍老的身体、枯朽的面容、呆滞的眼神、不能自主的晚年……无穷无尽的折磨，生不如死。

鸽子飞进来，乔治把它赶出去。他与安妮的生活，不该被打乱，也不该被任何外物介入。如果从二十岁开始相爱、相伴，他们

已经爱了六十年。儿女长大成人，人来人去，最后剩下他们两个。陪伴，并且随时准备离家。

那个"家"，是世界。那个"家"，是他们的爱巢。

死亡是否证明我爱你，这是一个谜题。如果爱人活着痛苦，是否忍心与她的身体告别，让她快乐地离去。有时候，活着比死还难受。所以爱情最终考验的其实是人性，关于生与死最真实也最深刻的人性。

我们每个人终究要走上告别的路，连生与死都不能掌控。生，是父母的权利；死，是生命的使然。人生苦短，年华匆匆，等不及说一声"爱"就迅速老去。余下的日子不能自主，每天在与死亡搏斗，人情淡薄，如此卑微。

《泰坦尼克号》里，杰克把生的希望给了罗丝，自己让位，沉于大海。爱升华至生死抉择，令人肃然起敬。爱到一定境地，真的甘愿舍弃生命，只为让她活下去。从此以后，她的眼就是他的眼，她的手就是他的手，她的生命就是他的生命。融为一体，不再分离。

倘若无法让生来挽救，只能用死来解脱。这就是电影《爱》

表现的主题。每个人的心里都有一把标尺，看你如何衡量。爱能救人，也能杀人，它可以是一艘救生艇，也可以是一柄利刃。它们的作用一致，为了爱。

影片结尾，当安妮再次大声喊"痛"的时候，乔治握着她的手，给她讲了一个故事。

"我小时候，也没有很小，大概小学快毕业的时候，十岁，父母送我去夏令营。他们觉得这样很好，可以和同龄的孩子一起玩耍。我们的营区是一座老城堡，在森林里面，好像是在奥弗涅区。不记得了。总之，跟我想象的完全不一样。每天早上六点就要起床，跳进湖里。城堡附近的一个小湖，汇聚雪山流下来的溪水，我们排成两列冲进去。你知道我是一个运动白痴，那里的活动从早到晚排得很满，大概是为了预防早熟的青春期冲动。不过最可怕的是伙食，报到后的第三天，午餐吃米布丁，我最讨厌米布丁。大家坐在大厅的长桌上吃饭，我根本不想吃那鬼东西。有个辅导员对我说，你不吃干净，就别想离开。结果大家都吃完饭走了，留下我一个人坐在那里哭。我和妈妈有个秘密约定，每个星期都要给她写信，说好寄明信片。如果我想留下，就画小花；如果我不想，就画星星。那明信片她一直保存着，上面画满了星星。三小时后，我终于可以离开，回到房间，躺在床上，发高烧到四十摄氏度，得了白喉。我被送去最近的医院，隔离治疗。妈妈来看我，只能隔着玻璃跟我挥手。后来明信片被我弄丢了，真可惜……"

她安静地听着，不再叫喊，也不再挣扎。他突然拿起旁边的枕头，把她捂死了。

爱是忍受，也是分担。爱能为对方而死，爱也能杀死对方。我愿意用生命换取你生存的权利，以及，除了我，谁也没有权利拿走你的生命。

"我来陪你。一切都很好。"

鸽子再次飞回来，他用黑色披肩把它捉住，抱在怀里温柔地抚摸。放满水，剪下枝头的雏菊，给她挑选衣服，封闭她的房间……最后在给她的信中写道：你一定不会相信，有鸽子飞进来。这已经是第二次了，从天井飞进来的，这次我终于抓到了它，原来一点也不难。不过，我把它放了……

他带着对她的爱，离开了家。

我结束了你的身体，我的灵魂属于你。

很难做到把自己彻底交给另一个人，不是不信任，而是人最终更爱自己多一些。岁月的生老病死与爱伤别离，真正的担负一定是这样，接受衰老，承受死亡。唯一的区别是主动和被动的关系，是否被迫、嫌恶、厌烦、放弃，或者出于恩情和高尚。人会老，会死，真相要到最后才揭晓。当一切归于寂静，我们其实别无所求。

　　人生最难是陪伴，最痛是送别。一个陪伴你又送别你的人，当你无法对自己的生命负责，相信他，会做得如你一般。

　　"就算生命像尘埃分不开，我们也许反而更相信爱。"

对于世界而言，你是一个人；对于某个人，你是他的世界

[印]泰戈尔

一年一次去看她。她八十五岁，走路需要拐杖，但坚持不用。看到我来，非常高兴，一步一步慢慢向我走来。我们坐在廊下晒太阳，她问我，定下来了吗？我懂得她的意思，抱歉地摇摇头。她轻声叹息，说，在我走之前，能不能看到你的归宿……最放心不下的孩子就是你。

按照排序，确实轮到我。哥哥姐姐们早已成家，相继生下孩子。她高兴，高兴也落寞。这意味着与我们相处的时间越来越少。前年拍全家照，儿孙欢聚，四世同堂。因我一直在外地，很难回来一次，她看着我的照片久久不言，似很伤怀。我不知如何安慰她，只得说，快了，快了。但我也知道，这种事急不来。

看他给她洗发，青花瓷盆、银壶、木梳、自制洗发液、湿巾、干布。她躺在藤椅上，双眼微闭，柔软稀疏的长发被他用木梳梳开，试试水温，用湿巾轻轻擦拭。他时不时问她一句，梳疼了没

有，水温是否合适……她说没有，水温很合适。他若再多问几句，她便不耐烦地打断，于是他微微一笑，专注手上的动作。湿润、涂抹、揉搓、擦拭……有条不紊，一丝不苟。

这是她和他的生活，每次去看他们，都会流下眼泪。不知这样的时光还能相伴多久，很快夕阳就落山，很快夜幕就降临。时间过得太快了，太快了……他们的一生，太快了。

"待我老了，你会这样给我洗发吗？"

问一问身边人，等到老去，走不动了，愿意陪着我晒太阳，给我洗发吗？我们这一生，走来走去，找来找去，不过是在走一段别人走过的路，找一个别人找不到的人。及时遇见，及时相爱，及时发生。一个人变成两个人，要走的路还很长，要做的事还很多，剩余的时间就是牵着手、走着路、说着话、看着彼此，沉默而辛劳，平淡而满足。

世上最美的情话是，沉默相拥。
世上最深的誓言是，和你老去。

我对她说，你的爱情令人羡慕。她说，我哪里有爱情。我比他大三岁，现在老了，大概遭他嫌弃了。又说，我和他是媒妁之言，他当初不愿意娶我，新婚就离了家，三年后才回来……她说起当年种种，给我讲和他的故事。他们生育了六个孩子，母亲是感情最好的时候生的，所以两个人格外喜欢她。

形式有许多种，质地只有一种。这依然是爱情，时间培养出来的相濡以沫。也只有最经得起时间验证的关系，越真且越可靠。年轻时，我们并不懂得什么叫爱情，即使出于由衷的喜欢，难道就可以为对方做一切吗？向来知情热，甚少知意冷。他当然有过让她失望的时候，甚而心灰意冷。她所能做的唯有忍耐、煎熬，熬过情伤，熬过困境，也熬过他的回心转意。

"不要求一如既往，只要求越来越好。"

有一次她小中风，他把她抱入木桶，给她洗澡、擦身。又吃力地把她抱出来，给她穿衣、抹乳霜、揉脚心，守着她睡觉。他站起来的时候，因腰肌受损整个人跌坐回去，很长时间不能动。但这一切他都不告诉她。尽可能陪她走下去。他说，如果她需要，就一直被她需要着。

"对于世界而言，你是一个人；对于某个人，你是他的世界。"

　　年轻的时候，很难体会这句话的意味。等到老了，才深有所感。时间的流逝、尘埃的湮灭带走每一根真实的毛发、每一声清悦的朗笑，肌肤的纹理逐渐放大，不再紧致有序。直到有一天，枕边人忽然对你说，唉，都老了呢……幸好，那是枕边人，你才不会感觉多么恍惚与颓唐。若能清醒坦然，某天早晨醒来，自己对自己轻声说，总有一天会老的，会老的，我们都会老去的……便不再感到恐惧和忧虑。因，年轻的时候就已为一切的到来做好了准备。

　　我告诉她，我想找一个能陪伴到老、牵着手晒太阳的人。她微微一笑，说，不难。只要你用心发现，用心对他。还有，就是相信。相信自己的眼光，相信找到的人是对的，相信再也没有人比他更好、更合适……所以，没有遗憾。

　　世界很大，在你的眼中。世界很小，在他的心中。
　　找到眼中的他，成为心中的她。这一生，没有遗憾。

爱是不死的欲望，是疲惫生活中的英雄梦想
[法]玛格丽特·杜拉斯

"我已经老了，有一天，在一处公共场所的大厅里，有一个男人向我走来。他主动介绍自己，他对我说：我认识你，永远记得你。那时候，你还很年轻，人人都说你美。现在，我是特地来告诉你，对我来说，我觉得现在的你比年轻的时候更美，与你那时的容貌相比，我更爱你现在备受摧残的面容。"

法国女作家杜拉斯，抽烟、酗酒、乖戾、孤僻，七十岁获得龚古尔文学奖。

为杜拉斯写过一本书，名字叫《情欲是孤独的》。探讨情欲与孤独的关系。杜拉斯是小众作家、大众情人。人们关注她的私生活甚于作品，那部《情人》除外。《情人》的成功，也是因着带有作者的自传色彩。

"我在十八岁的时候就变老了。我不知道所有的人都这样，

我从来不曾问过什么人。好像有谁对我说过时间转瞬即逝，在一生最年轻的岁月、最赞叹的年华，在这样的时候，那时间来去匆匆，有时会突然让你感到震惊。衰老的过程是冷酷无情的……我的面容已经被深深的干枯的皱纹撕得四分五裂，皮肤也支离破碎了。它不像某些娟秀纤细的容颜那样，从此便告毁去。它原有的轮廓依然存在，不过，实质已经被摧毁了。我的容颜被摧毁了。"

来自《情人》。这本书读过三次，十几岁的年纪，别人推荐借来读；二十岁旅行的时候带在身边；第三次是写作，需要重读她的作品，重新理解。这三次是人生的三个阶段，分别是青春期、转变期和成熟期。心境在发生变化，经历更多，对人生和爱情的理解也更深厚。杜拉斯可以说是一个引领我爱情观的人，自我、独特、坚定、洒脱。

事不过三。再喜欢也不允许自己超过三次。比如一部电影、一本书、一个恋人。因为不愿做一个太过留恋的人，青春时期非常叛逆，也做过一些出格的事，但是从不后悔。现在回过头看，已经不再喜欢那时候沉迷《情人》的自己，学着珍·玛奇梳两条辫子，穿连衣裙、高跟鞋，嘴唇涂着非常艳丽的口红。想象一个虚拟的情人，丰满单薄的身体。

每个女人都有一个幻想时代，梦是花，在悬崖边绽放又枯萎。

我们终于走到一个不再相信爱情就是梦想的年纪，它到来，它离去，它令人期望，也令人失望。身体的感受是真实的，也许这就是唯一让你痛过和幸福过的时刻。过去之后，只留下淡淡的伤。在爱情中做一个勇者，在岁月中做一个行者。想对你说的是，爱就爱了，痛就痛了，疯就疯了，散就散了。要有勇士的心，要有行者的境。

"爱之于我，不是肌肤之亲，不是一蔬一饭，它是一种不死的欲望，是疲惫生活中的英雄梦想。"

她的一生，举世瞩目的爱情，为她疯狂痴迷的情人，刻在岁月里永不磨灭的爱人。十八岁，六十五岁，1932年的湄公河，1975年的康城。第一次相遇，再一次相遇。岁月是刀，雕刻了容颜，锋利了柔情。

"战后多少个岁月过去了，从前的那个白人姑娘几经结婚、生育、离婚、写书。一天，那位昔日的中国情人带着妻子来到巴黎。他给她挂了个电话……他说他知道她已经写过好多书，他是从她妈妈那里听来的，他曾经在西贡看见过她的妈妈。然后他对她说出心里话，他说他和从前一样，仍然爱着她，说他永远无法扯断对她的爱，他将至死爱着她。"

多少年后，他给她打了一个电话。是我。他说。

听到这个声音，她立刻认出他来。

他说，我只想听听你的声音。她说，是我，你好。

当你老去，不，现在的你一定还很年轻。年轻的你走过更年轻的岁月，目视未来看似遥远的衰老。做这样一件事，背对东方，面向夕阳，这就是你此刻的状态。你要记得现在的自己，记得当下的样子。然后，告诉自己，时间再怎样过去，岁月再怎样侵蚀，我还是我，属于我的年代永远不会过去。我爱着，活在年代中的我自己。

女人的美，永远不会随着时光消逝。女人的爱情，永远绽放在属于她的年代。

请记住，爱是不死的欲望，是疲惫生活中的英雄梦想。只要它在，它就是信念。

面 朝 大 海 ， 春 暖 花 开　　　海子

喜欢海子的诗，最难忘的一句是："面朝大海，春暖花开。"

生命是面朝大海，春暖花开。有汹涌，有平静，有壮观，也有美丽。当下的静默，莲花次第开放，好景在，故人来，时间刚巧，足以喝一杯茶，赏一回景。山河大地，相对脉脉，你所目及的一花一树，它们都是你的心。只要做到无言，就能感知一切。

不明白他为何自杀，写出这样美的诗句。大概心中已经有一座岛屿，漂流海中，遍植繁花，只是去找寻。生命的意义，足够壮烈，亦诠释得足够诗意。

想要带重要的人去旅行，形式上而言，这种想法已经完成了一次升级。从前只是一个人走，不觉得要带谁，或者跟着谁。因为没有人可结伴与自己走一段看不见终点的路。在火车上，与陌生人相视，偶尔交谈，靠站就停，结束这场缘分。看着他们下车，投入茫

茫人海，此生不会再见。

　　远方始终有惦念。做到随遇而安，何其难。

　　人生需要闯关，也需要升级。我们不停地走，所谓的停下，也是暂时的休整。看似波澜不惊的生活，内藏的汹涌无人看得见，所以更需要体会。看似平静的恋情，因为没有洞穿它的内质，所以更需要深入。

　　对她说，我会带你去旅行，将来还要带着小小的她去旅行。我们三个人，去完成人生的一次升级。你已经走过大半路程，终点不重要，你只要向前走。我会带你去看人生最美的风景，而你的前半生，就是为这场旅途做准备。以及我，需要休息，重新出发。它对于我的意义是中转，过滤杂质，填充新的清洁的内容。小小的她还在起点，只需要生命中最重要的两个人带着、引领着，去看，去听，去微笑。

　　自闭一个月，这一个月不与任何人交流，把自己完全放空，没有短信也没有电话。真正的人际关系少得可怜，也因性格决定。不是一个会讨好、逢迎、凑趣、扎堆的人，不爱热闹，不喜交际。来的人很快就走，走的人不再回来，也不觉得可惜，没有留恋。

　　和好友简聊天，说到我们的共同之处，是不会勉强自己，不会依赖别人。她月薪五千元，全部花尽，经济独立。租三居室的一间卧室，除去吃饭、交通和房租，每个月买衣服、化妆品、书，自给自足，没有结余。有时独自去三里屯喝酒，去"愚公移山"看一场Live。有时约朋友逛街，吃日本料理，看电影。对我说，只想和简单的人过简单的生活。不是追求物质的人，不需要他多么有钱，多么帅气。要的是他内心足够强大，外表足够健朗。不看时间，只享受当下。当下在一起，喝酒、听音乐、看夜景，玩笑之后亦能沉默陪伴。这样的人，到哪里去找。

　　我们想要的爱情，看似简单，其实艰难。很多女孩子看重外在和物质，尤其重视物质。这无可厚非，因为需要有保障的生活。房子、车、存款、户口……这是最基础的。还有他的工作、学历、人际、可升空间。考虑得太多，真正满足的有多少。他的内在、人品、性格，除去物质之外，是否给你有质量的生活。你们的恋爱是否有营养，不是每日例行见面的清汤，也不是一周一次的牛排大餐。

　　找有质量的人，谈有质量的恋爱，过有质量的生活。

　　质量，而不是物质，更不是数量。有些人，追求名牌跑车，朋友一呼百应，泡吧、拼酒、调情、交易。爱情是买卖，你愿意买，我愿意卖。有些人，被别墅养着，每天开着豪车去护肤、聚会、购物、给宠物做美容。这样的生活，能够持续几年。有些人，省吃俭用，数着银行卡的存款，纠结着信用卡的账单。拿着微薄的工资分期还债，数张卡欠，数张卡空。有些人，一个月分几次手，一年交两位数的朋友，过完一年，回家还是一个人……这就是所谓梦想的恋爱生活，内心得不到丝毫填补，越来越空洞。

人生最重要的十年，一定是逐渐提升、丰富、茁壮、跨越。由内而外，建立起自己的气场，内心淡定，外表自信。没有经不起的时间，也没有输不起的爱情。

用简单的字去写最深情的语言，构造最美丽的意境，这本身就是一种不凡。所以，我欣赏用双手、双眼去筑造自己世界的人。怎样自处获得安然，一定是先抵御外界的诱惑，再抵御内心的诱惑。

"面朝大海，春暖花开"的简单，是要你敢于打破这个世界的规则，建立自己的规则。告别繁华，回归自然。

曾有一个人，爱我如生命

舒仪《曾有一个人，爱我如生命》

把第一次交给一个人，然后告诉他，我曾经爱你如身体。

你的身体有多矜贵，第一次的爱就有多郑重。它仿佛一场堪比葬礼的仪式，比新婚还重要。要学会与过去的自己告别，爱抚身体，和它成为亲密的朋友。太多人把身体当宠物，随时可以丢弃。他们觉得，自己的爱与身体无关。

电视里一男一女并肩躺在一起，她抚摸他的身体，说，想这样了解你。她是盲人，没有见过他，只靠声音判断和感知。觉得这样还是不够，要靠近、亲近，更深地了解。触摸他的手臂、脸、眉毛、嘴唇。测量身体的长度、肩膀的宽度。他的手掌比她宽，脚比她大。她说，你一定是很俊的男人。

身体是对一个人最直接的了解。有时候会因为身体爱上一个人，有时候会因为身体依恋一个人。

正确的感情是，顺其自然。当中会有波折，会有疼痛，但最后一定都好。学着照顾人，才能感受到被他照顾；学着认识他，而不是表面的肤浅。不要妄想，要坚定。经验与实践之后，在内心发出对答的声音。

娟来信，要与我见面。她来北京出差，约在楼下的咖啡店。她瘦了许多，人很无力，但她尽力掩饰这些负面的东西，对我微笑。大学时，她一直很优秀，和她关系最好。毕业后，她去西安，我去上海，再后来我到北京，和她偶尔联系。娟问我，你打算什么时候找男友。我说，不急。娟又问，你的第一次呢，是不是很痛。

从前，她不会说这些。大学时代，人人都谈恋爱，或者渴望恋爱。娟没有。她把心思都用在学习上，每天挑灯夜读，图书馆里永远有她的身影。我们从不谈两性经历，别的女孩子八卦关注的东西，她从不感兴趣。而这次见她，感觉变了，成熟、修饰、不安，她谈了恋爱。告诉我，第一次很痛。

她的前任，追求她两年，第二年的圣诞和他在一起。他们在一家公司，是同届管培生。对他的第一印象是朴实、踏实，她说，我要的也是这样的人，他很符合我的要求。但没有立刻答应，而是观察和考验，看这个人是否对她真心，并且真的朴实无华。两年，他做得很好。后来，她答应和他在一起，他很高兴，百般殷勤，甜言蜜语。娟未觉得不妥，因为是恋人，亲密的相处是自然。之后，她由身到心都交给他，没有犹疑。

穿什么样的鞋，首先看它的尺码、舒适度、耐磨性。如果穿这双鞋走在平展的马路上未有任何不适，用它来跑步、上台阶感到吃力，这双鞋是要还是不要。何况一个人，与他吃饭睡觉都没有问题，要求再高一点，陪自己去医院，看病、买药、护理、接送。鞋子可以有备选，人却没有。

娟生病，要他陪着去医院，他先是推托，接着干脆关机，一连几天不见人影。娟病好之后去找他，反应相当冷淡，找借口骗她。娟为试探心意，谎称怀孕。他大惊失色，提出分手。

"怎样试探一个男人的心意，逼他说我爱你没有用，要他负责才是根本。"她说。

如果没有做好负责到底的准备，就不要走进对方的世界，不要打扰她，扰乱她的生活。不要说爱，更不要和她做爱。娟的失策在于，没有识出对方的伪装，说到底还是不够了解。这个男人和她分手，很快另结新欢。

两年的追求，几个月的相处，第一次的付出，很难说这个男人是否爱过她。爱过又如何，很快就厌弃。对娟说的是，他追你时，无所不用其极，掏心掏肺，唯恐你不知道他的感情。真正的爱是相处、承担、责任，他都没有。一个没有责任心、拒绝担当的男人，如何敢说爱，又如何有资格得到爱。看人不能只看外表，无须相信他的话，空口之言，没有依据。好比吃巧克力，看似坚硬，入口即化。他很快尝到浓郁的甜，不及品尝深沉的苦味就吞咽，然后上瘾。对一些人而言，恋人就如巧克力，吃掉它，再来一块。

漫长的追求和伪装，无非是一种变相的掠夺。掠夺贞操和感情，然后扔掉。

每个人的第一次都像一场葬礼，不是哀悼和送别，是敬献与回归。而你，倘若失掉这"第一次"，就要加倍珍惜自己的"第二次"。第二次的付出，第二次的疼痛，第二次的爱。不要很快再爱上一个人，再被他欺骗和丢弃。不要把自己变成巧克力和气球，一吃即化，一踩即碎。失去的找不回来，没有关系，重要的是失去之中能否有得到。要更加爱自己，呵护身体，珍重感情。如果再有一个人说爱你，要求你把身体交给他，对他说，娶我。否则，永远没有可能。

没有好与坏的感情，只有正确与错误。错误的感情是，开始很顺，后面很难。正确的感情自始至终都是平坦，平静、坦然。他好或者不好，都会先告诉你。余下的只是你做判断、做选择。偶尔会有波折，出现矛盾，及时解决，得到妥善结果。你们的感情非常适应、匹配，最终获得无言的消解。即，消解过去从错误的感情中得到的损伤，把掩饰的伤口揭开，治愈直至结疤。受伤只是曾经，不死才是永远。

"曾有一个人，爱我如生命。"

一生里最要紧的事是，爱一个人如身体，被之所爱如生命。

8

一个人的修行
不负如来不负卿

不 负 如 来 不 负 卿　　　仓央嘉措

他说："世间安得双全法，不负如来不负卿。"

六世达赖喇嘛，罗桑仁钦·仓央嘉措。出身门隅，藏语称"白隅吉莫郡"，意为隐藏的乐园。莲花生大师是他的前生，他作为达赖喇嘛的一生便是莲花盛开的一生。

以第一人称写过一本书，《我是凡尘最美的莲花》，记叙仓央嘉措短暂而不凡的一生。从出生、预言、成长、离家、修习直至登上达赖喇嘛的神座、幽禁、传说、弃位、放逐，在青海湖自绝……而爱情，一直贯穿始终。他在我心里，以莲花的意象存在，生动而特别。

爱是一种修行。曾几何时，这句话十分流行。对于一个被清规戒律约束的僧人，爱而不得最痛苦。仓央嘉措的一生，可追溯的恋情有三段："人生若只如初见"的初恋情人仁增旺姆，"不负如来不负卿"的月亮仙子达娃卓玛，"我愿为你颠倒红尘"的昙花女神玛吉阿米。这三个恋人,他与之相爱,却永远不可能相守。

"住进布达拉宫,我是雪域最大的王。流浪在拉萨街头,我是世间最美的情郎。"

雪域最大的王,世间最美的情郎。抛开那些头衔和歌颂,一个人如何做回最真实的自我,坚持、敞开,不向王权和命运妥协。最终,我们可以面对的也只是真实,是自己,而没有别人以及那些附加的修饰与符号。

修行在于自己。压制欲望,忘掉传奇,返璞归真。仓央嘉措的特别,是他从神座走向凡间,回归天地和自我。做到我心如我,我如我心,非常不易与珍贵,最终付出生命的代价。但于他而言,人生浮浮沉沉,最后一定是自沉,沉入泥土、大海、湖水、沙漠……归宿是清湖,一朵自开自谢的莲,这是他修行的方式,回归方为圆满。

太多美丽的时刻,无人分享,无人对谈,亲密的恋人也不可以。人要做到独立,在孤独中观看花好月圆,寻找水月洞天。从无到有,从有到无。那些静谧的夜晚、等待的时间、叶落的幻影,都是内心的对照,要保留。

学会与自己相处，这就是修行。学会一边等待一边前行，这依然是修行。

写下关于他的第二本书，《岁月，是佛牵手的一朵情花》。依旧是第一人称，附于他之上的"我"，与佛进行一场对谈。

我问佛：何谓"情"？

佛说：情是每一个红尘之人须度的劫，度过此劫，方能修得无量佛身。若度不过，空有一身修为也不过是凡人。

我问佛：佛为何不度有情之人？

佛说：佛普度众生，自然包括一切有情众生。佛度化人，为的是让他早日成佛。人在成佛之前可以有情，但情是障，会削弱成佛的意志。人若要成佛，必然要去除情障，不要让它蒙蔽了一双看清世事的眼。

我问佛：人为什么不可以佛缘与情缘兼得？

佛说：这是人的贪念。既有佛缘，又为何需要情缘？既然选择了情缘，那要佛缘参度什么？情缘就是佛缘，人所经历的情，是佛为点化他而造就的因缘。反之，却不然。佛缘不是情缘，有情缘不代表就有佛缘，有些缘分是佛祖赐予的，有些却是破坏因缘的孽缘。与其不得，不如不要。

我问佛：情是否可以如佛一般，成为一个人的信仰？

佛说：对于一切众生而言，情是欲念。对于修佛之人而言，情是劫数。而对于如你一般情根深种、执迷不悟的人而言，情也可以成为另一种信仰。

"我们至简至繁的生命，只因爱而起，因爱而落。"

爱是否只是幻觉，若是，也不是爱施与的。佛说，一念修行。人之一生，总有一念，为此念而活。此念是佛念，便为佛而活；此念是情念，便为情而活。是难舍难分生死不离，还是了悟尘缘潇洒放手。爱不深不生娑婆。这就是破执。

"我生命中的千山万水，任你一一告别。世间事，除了生死，哪一件不是闲事。世间事，除了情爱，哪一件不可以丢弃。我将骑着梦中那只忧伤的豹子，冬天去人间大爱中取暖，夏天去佛法经义中乘凉……""值此一生，前半生是我的'悟'，后半生是我的'度'。我在红尘路上，用情缘悟佛缘；我在求佛路上，用佛缘度情缘。"

不负如来不负卿。这就是对他一生的解悟。

爱是恒久忍耐，又有恩慈

《圣经·新约·哥林多前书》

《新约·哥林多前书》中有一段话：爱是恒久忍耐，又有恩慈。爱是不嫉妒，爱是不自夸，不张狂，不做害羞的事，不求自己的益处，不轻易发怒，不计算人的恶，不喜欢不义，只喜欢真理。凡事包容，凡事相信，凡事盼望，凡事忍耐。爱是永不止息。

爱一个人多久，就会忍耐他多久。反过来，能忍耐你的人，必定是爱你的人。

恒久忍耐，又有恩慈。这样的爱，何其珍贵，做到也很难。起初很有耐心，丝毫不怀疑对他的爱。慢慢地，耐性消磨，不是对他失望，是对爱失望。

茉莉花开，想和谁结伴去看一场花事。对她说，将来，给女儿取名叫茉莉。她笑，说说你的想法。于是给她读自己的日记，这段话后来被写进书中。她难免对爱失望，对我抱怨，说只剩下亲情。

这不是她一个人的难题，大多数人至中年，遇到相同的抉择和困难，只是不愿意面对，继续自欺欺人地过。

离婚，这两个字对一些人容易，对一些人艰难。谁愿意把一起生活十多年的人清除出去呢？普遍的选择是忍耐，忍到不知还能忍多久，终有一天爆发。分手对年轻人来说很平常，合则来不合则散，很快结新欢忘旧爱，见面当作不相识。

忍耐到一定的程度，本身就是一种忘记。

情爱路上，不觉得要当救世主。规则很残酷，也很现实，输家十分惨烈。两个人如同打拳击，无非是谁撑得更久一些。但结局是什么，是赢了还是快乐，过程煎熬，即使赢了也不会快乐。人生太短，几十年光阴，需要小心轻放。不喜欢太重的关系、太重的情感。浅浅漫延，细细流淌，爱情不是忍耐，忍耐不过是一方的妥协和顺从。如果这个对象不值得，那么所做的一切，本身就是不值得的。

所谓忍耐和恩慈，不过是怜悯，无限施舍。应当及时给予，及时离开。曾经劝过她离婚，她不愿意。说，就算离婚又能怎么样呢？输的是双方，受伤害的是一家人。她的观点是很多人的观点，理由充分，委屈一人，成全大家。有时为她难过，尽可能给予支持和帮助。有时自我纠结，是否再次说服。最后还是放弃。换一种生活方式也许更辛苦，对所有人而言，只有失没有得，所以尽力用另一种方式去弥补，让她快乐和满足。

对爱的人忍耐，但是要有原则。建立起互信依存的关系，让他知道你的重要性，没有你不行。当他逐渐习惯并且依赖，一旦离去，就是对他致命的打击。对于他的背弃和伤害，要给予一次沉重的打击，让他主动来找你，真正改过。原则就是给自己底线，一次两次，没有恒久，不能再多。

爱很多人的人，最爱的一定是自己；只爱一个人的人，足以牺牲自己。这句话在现实中得到应验。我们聊天，说到处世观，是只能有限地关注和承担自我。对于不相关的陌生人，做到萍水相逢拔刀相助，不能再给太多。恋爱观也一样，只为一个人默默忍受，突破极限，不计较他的恶，不计算为他的失，再也做不到对别人等同。

让自己快乐已经不易，需要由别人带来快乐。而幸福，始终是非常自我的感受。

此情已逝，转身离去。对于一些果断抽身的人，他们是更好地保护自己，不肯将就。与其深陷泥淖不能自拔，不如用力挣脱寻求新的出路。而一些在岸边观望、跃跃欲试者，在投入一场不知深浅的情感旋涡前，先检查自身装备，若不能做到跋涉和自救，那就不要蹚入。

"恒久忍耐，又有恩慈"，是对于那些值得信赖、值得陪伴的人。你付出多少，他就知道多少。

一切有情，皆无挂碍 苏曼殊

苏曼殊年轻的时候风流多情，临终却留下八个字："一切有情，皆无挂碍。"他做到了没有留恋地来，没有留恋地去，一身清白。

人到最后其实不用跟任何人告别，唯有对自己交代。把骨灰撒入大海，碑不留字，都是一种无言的交代，不用任何人来决定。灵魂离去，肉身便不再属于自己，思想与意志随即成空。与这个世间唯一的牵系，即是否给这个世间点上最后一盏灯。

人之一生，无非是以空破空。

波尔图的夜晚，几个人走山路，爬上很高的台阶俯瞰夜景。野猫从脚边溜过，轻柔地触摸，微微发痒。静谧无限曼延，只要心是安的，身处何地、何时，都是安的。一定要去行走，漂洋过海，跋山涉水。有人称之为力量，有人称之为旅途，不应该有目的性，你的得到都是非常私人的，无可分享。是充实还是丰富，之后总有时间对照，又为何拿出来言说。

童年的不幸、少年的颠沛，这些不好的经历会影响一生。出身和环境确然能对一个人起到作用，但是相对的。而自己如何承担与突破、逆转与掌控，这条起终结作用的路是自己走出来的，与身后的历史无关。所以，那些喜欢说自己不幸的人，哀泣伤逝的人，是令人反感的。你若不能应对，谁替你应对，没有人。

成年后遇到一些人，他们喜欢欺骗、游戏、占有、征服。他说，带你去看电影。到了电影院呼呼大睡。不愿坐地铁，乘出租车到达目的地，开门自行离去。走路永远走在前面，武断地决定你的喜好，带你吃西餐，然后告诉你这里很贵。最离谱的是以工作为名索求恋爱，果断拒绝，转而骚扰家人。结果是骗子高手，游手好闲，坐吃山空。自以为背景优越大行其道，实质是非常低级猥琐的心态。诸如此类的人，暗藏在各个角落，伺机出动，防不胜防。

错综复杂的关系，到一定时候该说清的说清，该斩断的斩断。一定有过连自己都否定的时候，那时风流滥情，那时喜新厌旧，那时爱慕虚荣，那时曲意逢迎。不用拒绝那个自己，人的过往经历与需求目标关联，欲望若没有平复，再如何忏悔自剖都无济于事。能做的只有接受，知道它的不好，把它变成不可解禁的篇章，翻过去。

若人世间的荒芜有夜雨滋润，阳光照拂，那么心的荒芜由谁来根植。浓烈的感情是暂时的，平淡是长久的。而横越这一生，有些感情没来得及见光就消散，也没有遗憾。对错误的曾经说抱歉，覆盖它，栽上新的树。

他问我，有些感情明明知道要终止，却不能终止该如何？你怎样处理与他人的关系。

你与他的关系，若不能强行斩断，只能自己埋葬。在不在一起已经无关紧要，心已经分离，背道而驰。有些人接受但不确认关系，是因为互不排斥，各取所需。角色不重要，重要的是时间。如果当时换作另一个，故事还是会发生，同样也会及时结束。所以，有时对象看似出其不意，连自己都未预料到，为何是他，为何不是他。但结局早已是定局，正等待一个时间不告而别，永远不见。

每个人都有自己独立的故事，有时候给人的感觉似曾相识。但不能说这就是缘分。你会因为一个故事对这个人产生好奇，可他的言谈、动作、神情散发出的深意，或许让你不喜。那么，你的选择是，听一场故事然后离开。或者是，进入他的故事，再离开。

"一切有情，皆无挂碍。"

　　这句话是自辩，也许真的看破红尘，放下一切。但他已遁空，言语留给后人。成为别人的领悟和获得。我对它的理解是，有情谢于无情，无情不及有情。还是做一个有情人，在活着的时候。留恋值得留恋的，忘记值得忘记的。美好的让它绵延，不好的让它腐烂。而别人怎么看我，或者看我的爱情，那已经是他的事了。

　　雁过留痕，心中无声。

留人间多少爱，迎浮世千重变　　电影《青蛇》

重温电影《青蛇》，看王祖贤与张曼玉饰演的白蛇、青蛇，怎样为爱痴缠了悟。原著出自李碧华，手法非凡，颇有味道。

"我忘了告诉你，我是一条蛇。我是一条青色的蛇，并不可以改变自己的颜色，只得喜爱它。一千三百多年来，直到永远。"

白蛇与青蛇情如姐妹，化成人形，游历人间。在西湖遇到凡人许仙，一场雾雨结情缘。紫竹柄伞，荒宅白寓，庭院一池荷花。他来取回他的伞，她邀他喝酒，吃她亲手做的菜。两个人就这么好了。

《白蛇传》是民间传说，讲白素贞与许仙的爱情，和小青没有多少关系。李碧华将小青置于第一人称，以她的视角讲述这段人妖之恋。许仙不再钟情于白蛇，而是见异思迁，心猿意马。小青来勾引，他就上钩，想娇妻美妾，左拥右抱。白素贞怀孕，他却想带小青私奔。

"男人与女人，这是世间最复杂诡异的一种关系，销魂蚀骨，不可理喻。以为脱身红尘，谁知仍在红尘内挣扎。"

情欲的代价是肉身，销毁的也是肉身。一切皆是虚妄，脆弱无常。原先不懂得什么是爱，体验之后痛苦与喜悦交织。她知道痛，尝到眼泪的滋味，有了七情六欲，孕育孩子。爱这个人，爱到为他舍弃修行，不舍得承认他的不好。

依旧是凡俗之爱，起先是欲望，然后是真情。但爱的人很懦弱，又很多情，做不到推开自行离去，对好姐妹拔刀相向。两个女人争一个男人的例子太普遍，朋友横刀夺爱，反目成仇。友情和爱情的选择，一般选择后者。但，和姐妹老死不相往来，就能和爱的男人一生一世吗？男人的问题，最终还是自己的问题。

你要的是情爱，他给予情爱。你要的是快乐，他制造快乐。情爱与快乐之后，就是逃避和撕扯，真相呼之欲出。青蛇用雕虫小技就能让许仙变心，这世间有多少如青蛇的女人，又有多少如许仙的男人。傻女人是白素贞，痴女人也是白素贞。可她傻吗，她痴吗？她不过是太渴望爱情，入了迷障。

"留人间多少爱，迎浮世千重变。跟有情人做快乐事，别问是劫是缘。"

《流光飞舞》，歌词出自黄霑之手。人间情爱，只管快乐，别问是劫是缘。如此洒脱。可一旦谁认起真，缘也变成劫。所以，情执必陷入软弱。不能自拔也不能自救。

三毛有句话是："心之何如，有似万丈迷津，遥亘千里，其中并无舟子可以渡人。除了自渡，他人爱莫能助。"意思是，人只能自悟，自己渡自己，不能奢望别人。情爱之中的"渡"也是单向的，你爱的人，除了给予他爱，没有别的求取。做自己的小舟，努力拓宽情感的边界，但不碰撞，也不贪婪。

"在这样的因缘里，谁先爱上谁，谁便先输了一仗。"

青蛇看得分明。一个一无所有的男人，因为爱情，一下子什么都有了。他还会拥有更多，索取更多。天平发生偏移，他很饱满，她很贫瘠。唯一的收获是孩子，他给了她一个孩子，但也为这个孩子付出被永久禁锢的代价。这份代价，他是否感同身受？

我们爱的人，也许是爱的另一个自己。修行并非做信徒，是听凭心的声音，打开与接受。世间万物，你所爱即你所知，他与你何其相似。如果开头就是纠缠，势必一生纠缠；如果可以了断，便不会有开始。人有时候真的无从选择，缘分也来，劫数也来，气势汹涌，如电如雾。迷惘与困惑，执迷与不悔，归到底也是一个人的天命，认定。

"若我许仙，对白素贞负心异志，情灭爱海，叫我死无葬身之地。"他还是负了心，情灭爱海。白素贞被压雷峰塔底，小青挥剑刺死许仙。缘劫都没有结束，多少年后，他们再次相遇，新的故事旋即上演。

"每个男人，都希望他生命中有两个女人：白蛇和青蛇。同期的，相间的，点缀他荒芜的命运。只是，当他得到白蛇，她渐渐成了朱门旁惨白的余灰；那青蛇，却是树顶青翠欲滴爽脆刮辣的嫩叶子。到他得了青蛇，她反是百子柜中闷绿的山草药；而白蛇，抬尽了头方见天际皑皑飘飞柔情万缕新雪花。每个女人，也希望她生命中有两个男人：许仙和法海。是的，法海是用尽千方百计博他偶一欢心的金漆神像，生世位候他稍假辞色，仰之弥高；许仙是依依挽手，细细画眉的美少年，给你讲最好听的话语来熨帖心灵……"

每个男人，都希望他生命中有两个女人。每个女人，也希望她生命中有两个男人。

你见，或者不见我，我就在那里，不悲，不喜
扎西拉姆·多多《班扎古鲁白玛的沉默》

电影《非诚勿扰》，香山给自己开追悼会，好友、前妻都来道别。女儿念了一首诗，《班扎古鲁白玛的沉默》。

"你见，或者不见我，我就在那里，不悲，不喜。"

这首诗，与爱情没有多少关系。灵感源于莲花生大师的一句话："我从未离弃信仰我的人，或甚至不信我的人。虽然他们看不见我，我的孩子们，将会永远永远受到我慈悲心的护卫。"配上《夜的钢琴曲》，诗的意境令人沉迷。

并不太知晓作者的创作初衷，以及它的真实寓意，也没有必要知晓。作品传递到个人，它变成很私人的收藏，每个人得到的看法和启示不一。在我这里，它如同一首韵律诗，只能感知，不能唱读。

　　"默然相爱，寂静欢喜。"这是一种人生态度，我们的相爱，不用言语，只可意会。与你在一起的时时刻刻，是寂静和欢喜。恋人做到这样，已经是极致，不可以再好、再美。但追求是一回事，现实又是另一回事。即使觉得这种状态最妥当，短至一刻长至一夜，也不会维系太久。因为，烦恼太多、难题太多、喧嚣太多、浮躁太多。

　　万籁俱寂，笛声蝉鸣。一生最美的时间是最初十年、最后十年。中间三十年、四十年、五十年……是不断地纷争、对抗、妥协和维持。人生是从好到不好再到好。两种"好"，一种开头，一种结尾，目的不同。前者是年轻心态，两情正浓；后者是时日无多，短暂珍惜。

　　离婚也举行婚礼，甚至比结婚更隆重。白色婚纱变成黑色礼服，喝交杯酒，放飞鸽子，取下婚戒，烧掉"囍"字。最后的拥抱，祝福彼此找到更理想、更长久的伴侣。趁着没有离开，给自己举办一场个人追悼会。朋友、爱人、亲人，曾经的热闹变成如今的沉默，曾经的欢笑变成如今的感伤，每个人微笑着轻吻拥抱。送别，祝福一路走好。

　　这样的态度，令人欣赏。我们本就是什么也不带来，什么也不带走，为何较劲固执？如果给自己一种结束的方式，生是投入大海，爱是告别盛宴。

那天，和旧时同学聚餐唱歌。三五年一聚，距离上次已经过去五年。也许下一次相见又在五年之后，而那时，每个人都成家立业，有了孩子。感叹彼此容貌和性格没有多大改变，依旧言语无忌，开怀大笑。也有人落寞地坐着，不知在想什么。天南海北去哪儿的都有，几乎都有固定的恋人，并且准备结婚。他们其实已经有所改变，不变的是在你心中的样子，角色、位置、记忆和关系。

曾经有感觉的男同学现在没有感觉，曾经不熟悉的同学现在能坐下来热切交谈。人生没有绝对的一成不变，包括感情。投射在双方关系之中，固定的是对他的记忆，被封存在过去的时间里。所以，不稀奇一个人爱了这个之后再爱那个。你会先爱上你选择的唯一，之后爱上不曾选择的一切。

美好是一种遇见。只是在最初遇见的时候，才有想把那个人刻进心里的冲动。而过尽千帆历尽沧桑之后，默然相爱才显得弥足珍贵。等到山路都走完，风景都看透，对那时深爱过的人，只是一句："你曾住在我心上，最美的地方。"

你见，或者不见我，
我就在那里，

不悲，不喜。

你念，或者不念我，
情就在那里，
不来，不去。

你爱，或者不爱我，
爱就在那里，
不增，不减。

你跟，或者不跟我，
我的手就在你手里，
不舍，不弃。

来我的怀里，
或者
让我住进你的心里。

默然，相爱。
寂静，欢喜。

每个人都有属于自己的一片森林

[日]村上春树《挪威的森林》

《挪威的森林》被拍成电影，想到那时看这本书，当中有一段话："每个人都有属于自己的一片森林，也许我们从来不曾去过，但它一直在那里，总会在那里。迷失的人迷失了，相逢的人会再相逢。即使是你最心爱的人，心中也会有一片你无法到达的森林。"

人无法被洞穿，也无法被抵达。

反思这几年走的路、过的生活。虽然中间有曲折，但偏离不多。过了前面这道坎，以后会更直也更平坦。有过非常困顿的时候，不知道出路，看不清方向。一度想退缩，亦受到别的方向的邀请，看似顺途，热闹浮华的表象之后是深不可测的断崖，没有能力跨过。

人应做自己力所能及的事，过有底气的生活。你想要的人生，应当独立铺展，不假手他人。这需要你非常有意志，有立场，有主观判断力。即使生活要你随波逐流，心也应起微小的浪花。我欣赏那些独自拼搏的人，漫漫长路扑朔迷离，凶险荒凉未可得知，但跨过凶险就是浩瀚，越过荒凉就是寂静。一生最美的壮景一定是在翻越崇山峻岭、跋涉千里长途之后，留待独自观看。

在苏黎世看到一望无垠的森林，高空俯拍，别有一番葱郁壮美。心中的森林本身就存在，不用去寻找。有时候觉得，穷尽一生看到的风景，不过如斯。但在当下的年龄或者年轻时候，还是会迷失、会追寻，渴望看见，让漂泊无根的灵魂得到皈依。

是了，心中的森林即皈依。它一直存在。但这个道理，只有等到我们老了才明白。年轻的时候，只是试着去理解，不会深以为然。

一个挣扎在社会底层的人，做事无赖、朝三暮四的人，你相信他会有一生的真爱吗？他会为所爱之人改头换面，过一种从未尝试过的生活吗？……很多人不信，因本性如此，改变不了。但我愿意相信一次，给他一个让我相信的机会。只有一次，让我相信人间还有风景之外让人萌发信念的美……相信爱。

年少时，恋情更多是失望，因为不成熟，无从负担。想找一个陪自己去看烟火的人，这个人不存在。很多人说喜欢，他们的喜欢没有行动，没有根基。厚重的情感与轻佻的情感相比，前者不会让你有需求，只会无限感恩与知足；后者让你有需求，感到受伤与侵犯。给他写下一封信，无声离去。他后来对我说，我看过你的信，对不起。我并不想要这迟来的道歉，伤害已经存在，但选择把它吞噬。

你对我说，我会陪你看，于是我也就相信。

看，相爱其实就这么简单。你愿意给我一场盛大的欢喜，我便欢喜，永远感恩。而俗世里的人不会这么做，他们觉得美丽的话，危险需要承担，对自己也是一种伤害。而我只想听你说，在于我的相信。做不做到其实不重要。尽管这句话听起来逆耳，我还是希望你做一个与世俗有些距离的人。它意味着，我们生在其中，虽不能免俗，但应有通达灵敏之处。不为流言困，不为偏见惑，不以他喜，不以己悲。平淡欢愉，静静守护。

她对他说，尽管你如此对我，我还是要守护你。这么多年，我便是在对你的守护中过去。

生命会消逝，责任会放下，唯有守护。也许有一天它会随年华、信念淡去，余音却一直存在。即使做不到，也应该守护自己的爱情，守护初衷，一封信、一句告白、一次别离。当下的忘记，是被迫的接受，过后再看，它们都是极其重要的。而我选择把过去可贵的时间与物品珍藏，带着它们重新上路。这一次，会走得更坚定，也更坦荡。

"每个人都有属于自己的一片森林，也许我们从来不曾去过，但它一直在那里，总会在那里。"

每个人都有属于自己的一片森林。天空开阔，大地宽厚，每隔一段时间去看它，然后悄然离去。距离并不重要，重要的是眼界能否到达，绵延挺拔，葱郁昌盛。有一天，你会离开，会忘记，会消失。它还在这里，只要回首，就一直在这里。

图书在版编目（CIP）数据

我们总在不懂爱的年代，遇见最美好的爱情 / 夏风
颜著. — 长沙：湖南文艺出版社，2013.11
ISBN 978-7-5404-6416-5

I. ①我… II. ①夏… III. ①随笔 – 作品集 – 中国 –
当代 IV. ①I267.1

中国版本图书馆CIP数据核字（2013）第231006号

上架建议：畅销/文学

我们总在不懂爱的年代，遇见最美好的爱情

作　　者：夏风颜
出 版 人：刘清华
责任编辑：薛　健　刘诗哲
特约监制：陈　江　毛闽峰
策划编辑：范冰原
封面绘制：钱山水
装帧设计：●lemon
出版发行：湖南文艺出版社
　　　　　（长沙市雨花区东二环一段508号　邮编：410014）
网　　址：www.hnwy.net
印　　刷：北京天宇万达印刷有限公司
经　　销：新华书店
开　　本：880mm×1270mm　1/32
字　　数：143千字
印　　张：7.5
版　　次：2013年11月第1版
印　　次：2013年11月第1次印刷
书　　号：ISBN 978-7-5404-6416-5
定　　价：35.00元

（若有质量问题，请致电质量监督电话：010-84409925）